KiKi BUNKO

転生聖女ですが、理由《わけ》あって死神王子と偽装婚約いたしました

瀬王みかる

JN152192

プロローグ

高価な金飾りが多用された正装に、王族である証《あか》しの深紅のサシェ。

光り輝く、豪奢《ごうしゃ》な蜂蜜色《はちみついろ》の金髪に、澄みきったスカイブルーの瞳。

そう、彼はまるでお伽噺《とぎばなし》に登場する、王子様そのものだった。

そんな美しい彼が、優雅にマントを捌《さば》き、ルルカの前に恭《うやうや》しく片膝《かたひざ》を突く。

神が叡智《えいち》の限りを尽くして創造したとしか思えない、完璧な美貌《びぼう》を上げて、彼はうっとりとルルカを見つめる。

「昨日偶然きみに出会い、一目見たその瞬間から、僕の心はきみに奪われました。このまま、きみを置いて王都に帰るなんて、とてもできません。まさにきみは白衣の天使だ。どうか、僕の妃になってください」

凛々《りり》しくそう告げ、彼はルルカの手の甲にそっと口づけた。

それは、王族からの正式なプロポーズで、周囲の人々から驚きの声が漏れる。

「な、なんと！　アレクシス殿下がルルカに求婚された⁉」

「お、王太子殿下がルルカに求婚なさったわ……!?」

「まぁ、なんてことでしょう……!」

「落ちこぼれのルルカに、なぜ……!?」

だが、誰より驚いているのは、ルルカ本人だ。

——え、ちょっと待って……?? なんで私、ほぼ初対面の王子にプロポーズされてるわけ??


その謎を解くには、少々時間を遡る必要があった。

第一章　死神王子とエンカウントしました

「あんたってば、本当に役に立たないわねぇ、ルルカ」

いつもの、勝ち誇った口調でローザが言い放つ。

「……」

救護室の寝台に横たわったルルカは、悔しいがなにも言い返せない。

なにせ、たった今、朝からわずか五人目の患者を治癒《ちゆ》しただけで、魔力欠乏症でぶっ倒れてしまったのだから。

「いったい、これで何回目？　最低ランクの初級治癒士だって一日に二十人は治癒できるっていうのに、あんたときたらいくら見習いとはいえ、いいとこ五人でしょ？　たとえ成人したら能力が最大限に解放されるっていっても、この調子じゃまず期待はできないわね」

「ほんとほんと。いくら紋章《もんしょう》持ちだからって、孤児の分際で治癒士になろうなんて、おこがましいのよね」

ここは、シシリーヌ王国の南東部に位置する辺境の小さな村、マルゴ。

この世界では、大陸を創世した偉大なる女神へストレイアの加護を受けた者に、魔法を使う力が与えられるとされている。

女神から選ばれた者には、身体のどこかしらに文様が現れるとされ、その総数は人口の二割から三割ほどといわれており、彼らは総称して『魔法士《まほうし》』と呼ばれていた。

魔法士は、その能力で出世街道を歩む者がほとんどだ。

攻撃魔法が使える者は兵士や冒険者に、炎や風の魔法が使える者は製鉄業を営むなど、成人の儀でそれぞれの適性を判定された後、適材適所へ振り分けられる。

中でも、一番希少な能力が、治癒魔法を使える『治癒士』だ。

女神ヘストレイアからの加護のせいか、なぜか治癒魔法は女性にのみ発現し、治癒士は女性しか存在しない。

女性は結婚して家庭に入ることが多いこの時代、治癒士は女性が公然と働けて高収入を得られる数少ない職業といっていい。

魔法士の中でその能力を持つ者が最も少ないのに人々からの需要が多いので、当然報酬も高いのだ。

この王国もご多分に漏れず、辺境や森には数多《あまた》の魔獣《まじゅう》が生息しているため、それらを討伐する冒険者も多い。

魔獣の牙《きば》や皮、それに肉などは毒や薬になる希少な素材なので、市場では高値で取引される。

収入がいいため、冒険者を志す者が多いが、魔獣との戦闘で怪我を負う者もまた少なく、彼らがなにより必要としているのは、一般の治療を施す医術士《いじゅつし》より、治癒魔法が使えて一瞬にして怪我を治せる治癒士の存在なのだ。

「いつまで休んでるつもり？　皆働いてるのよ？　目眩《めまい》が治まったなら、さっさと薬草でも摘んできたら？　それくらいしか役に立たないんだから」

ローザが言うと、彼女の取り巻きの看護助手たちがクスクスと笑う。

この治療院に存在する治癒士は現在ローザだけで、ほかに男性の医術士と数名の看護助手がいる。

当然治癒士であるローザの地位が一番高く、彼女が黒と言えば白い兎《うさぎ》も黒になるのだ。

「……はい」

まだ頭がふらついたが、このまま彼らの餌食《えじき》になっているより森で薬草を摘んでいる方が百倍マシだったので、ルルカは寝台を抜け出した。

現在ルルカが見習いとして働いている治療院は、村にある唯一の教会と併設され、同じ敷地内にある。

地方では教会と治療院が併設されている場合が多く、その裏手には、ルルカが育った養護院もあった。

シシリーヌ王国では、女神ヘストレイアを崇拝する教会がほとんどで、養護院の院長、エルザ・リュースは教会と養護院の経営を今は亡き祖父から引き継いだ三代目だ。

男爵の爵位を持つリュース家は慈善事業に熱心で、この村唯一の養護院を設立したが、経営は厳しく、今では貴族とはいっても名ばかりのようだ。

――でも、私ももうすぐ成人してやっと治癒士になれるし、これから一生懸命働いて院長様に楽をさせてあげられる。

お金を稼げるようになったら、下の子たちにおいしいものをお腹いっぱい食べさせてあげたい。

それが昔からのルルカの夢だった。

教会からほど近い場所にあるカイラの森には、良質な薬草が採れるのでよく訪れている。

治癒士たちが調合する回復薬は、その者の治癒能力によって効果が異なってくる。

まだ治癒士見習いのルルカが調合したものは効果が低く、作っても買い取り価格は最低なのだが、治癒能力を底上げし、なんとかもう少し効果が高いものを作れるように鋭意努力中な毎日なのである。

「ええっと……ミズニモ草と、カシウミの花びらと……」

必要な薬草の名を忘れないよう、繰り返し呟《つぶや》きながら摘んだ薬草を籠《かご》に入れていると。

「あ、いたいた、ルルカ姉ちゃ～ん！」

聞き覚えのある声に名を呼ばれ、ルルカは振り返る。

息せき切って走ってきたのは、同じ養護院で育ったミーナだ。

「ミーナ、どうしたの？　一人で森に来たら危ないっていつも言ってるでしょ？」

カイラの森には、そう性質《たち》の悪い魔獣はいないが、子どもだけで入るのは危険なのだ。

ルルカも、いつも魔獣が嫌う、魔獣避けの香り袋を身につけて森へ入っていた。

「この辺は人里近いから大丈夫だって。それより、院長先生が呼んでるよ。すぐ養護院に来てだって。今治療院に行ってきたら、森に向かったたって聞いたから」

「わかった、すぐ戻るね」

急いで道を戻ると、ミーナが手を繋《つな》いでくる。

今年十五歳になるミーナはしっかり者で、下の子たちのいいお姉さんなのだが、最年長であるルルカにはよく甘えてくるのだ。

「どうして一人で薬草摘んでたの？　さては、またローザたちに虐《いじ》められた？」

「あはは……」

と、すっかりお見通しなので、笑って誤魔化すしかない。

「もう、なんで言い返さないのよ、ルルカ姉ちゃん！」

「しかたないよ。私が治癒士として力不足なのは本当のことだから」

「ルルカ姉ちゃんだって、立派な紋章持ちじゃない！　ローザってば豪商の令嬢だからっていっつも威張ってて、腹が立つよ！」

と、ルルカの代わりにミーナが憤慨《ふんがい》している。

ルルカは無意識のうちに、左肩に浮き出た紋章を服の上からそっと撫でる。

——どうして孤児だった私が、紋章を得られたんだろう……？

ローザは、現在この村で唯一の治癒士だ。

地方では治癒士の数が少なく、こんな小さな村に一人でも治癒士が排出されるのは希で、彼女は村中の人々から敬われている。

魔法士は国から手厚く保護され、治癒士養成所には紋章を得られた者であれば学費免除で入学できるのだが、紋章持ちの者は両親のどちらかが紋章持ちであることが多い。

希少な魔法士はその能力を使って一財産築けるので、治癒士として働く者も裕福な家庭の子がほとんどで、ルルカのように身寄りがないのは珍しいのだ。

そのため、どうしても存在が浮きがちで、虐めの対象になりやすいのだろう。

とはいえ学費がかからないので、養護院育ちのルルカでも受験できたのは本当にありがたかった。

十三歳で近隣の街にある治癒士養成所に入学し、薬学の基礎や治癒魔法の使い方などを学び、十六歳で卒業。

そして二年間の見習い期間を経て、十八歳の成人を迎えると、晴れて正式な治癒士になれるのだ。

そしてルルカは、あと少しで成人の日を迎える身だった。


「お呼びですか？　院長様」

ミーナと別れ、いつもの調子で院長室を訪ねると、質素な室内には先客がいた。

「やぁ、ルルカ。久しぶりだな」

来客用椅子にふんぞり返っていたのは、この村を治める地方領主のゴルドだった。

五十代前半で不摂生から若干恰幅《かっぷく》がよすぎるのだが、着道楽らしくいつも華美で派手な衣装を身につけている。

「いらっしゃいませ、ゴルド様」

まさか客人がいると思っていなかったので、ルルカは慌《あわ》てて治癒士見習いの制服のスカートの裾《すそ》を引き丁重に挨拶《あいさつ》する。

「そう気を遣わずともよい。もっと近くへおいで」

「は、はい……」

なぜ自分が呼ばれたのかわからず、ちらりと院長の様子を窺《うかが》うと、彼女は顔面蒼白《そうはく》で項《うな》垂《だ》れている。

訳もわからないまま、言われた通り近くまで歩を進めると、唐突に手を握られた。

「え……？」

いきなり、なんなのか？

振りほどきたかったが、相手はこの辺境で一番の権力を持つ領主だ。

迂闊《うかつ》なことはできず、ルルカはされるがままになりながら不快さを堪《こら》える。

「おお、スベスベとした若い肌だ。銀糸のような艶やかな髪に菫色《すみれいろ》の瞳！　実に美しい」

ルルカは容姿を褒められるのが苦手なのだが、銀髪の人間はこの王国ではかなり珍しく、こうして話題にされがちなのだ。

「来月、成人だったな？　もう立派な大人だ。身寄りのないおまえがこんなに健やかに成長できたのは、養護院のおかげだ。そうだろう？」

「は、はい、もちろんです」

確かに、ゴルドの言う通りだ。

ルルカは幼い頃に両親を流行《はや》り病《やまい》で同時に亡くし、この養護院に引き取られた。

今まで虐められてもバカにされても、治癒士養成所に通い続けたのは、治癒士になって養護院へ恩返しをするためだった。

だが、ゴルドは口髭《くちひげ》を捻《ひね》りながら苦笑する。

「だがねぇ、話を聞いてきたが、おまえは能力が低いらしいじゃないか。落ちこぼれの治癒士になるより、私の許へ来た方が世のため、社会のためというものだ。決して不自由はさせぬぞ？」

「……え？」

一瞬、言われた意味がわからず、ルルカは困惑する。

が、隣の院長の青ざめた表情を見て、ようやくそれが自分に嫁げという意味なのだとわかった。

――ちょっと待って……確か、ゴルド様って既に正妻と愛妾が四人いるって聞いた気がするんだけど……!?

シシリーヌ王国では正式な結婚は一夫一婦制ではあるが、裕福な商人や貴族たちは財力が許せば第二夫人、第三夫人と愛妾を抱える者が多い。

好色だと有名なゴルドのところには、彼が各地から探してきた選《え》りすぐりの美女がいるらしいのだが。

街の噂では、多少入れ替わりがあったものの、現在第五夫人までいるようだ。

ということは、自分は六人目の夫人として迎えられるのか……!?

「安い給料でこき使われるより、私の愛妾になる方がずっといいであろう？　なに、正妻ではないといえ、私は貴族だ。平民のおまえにとって、これ以上はない玉《たま》の輿《こし》だ」

「ゴ、ゴルド様、治癒士になるのはルルカの幼い頃からの夢なのです。どうかお許しを

「……っ」

必死に取りなそうとする院長に、ゴルドは冷たい一瞥《いちべつ》をくれる。

「おや、では今すぐこの養護院を取り潰しても問題ないと？」

「そ、それは……」

「養護院を運営するのに重ねてきた借金が、積もりに積もりましたからなぁ。返済期限は、もうとっくに過ぎているとか。それを、この私が肩代わりしてやろうと言うのです」

――借金……？

その言葉に、内心ドキリとする。

ルルカが育った養護院の経営が苦しいことは、大分前からうすうす知っていた。

地方では国からの補助金が少なく、定員よりも多い子どもたちの面倒を見ているこの養護院では、常に経営は火の車なのだ。

だからルルカは森に罠《わな》を仕掛けて兎を取ったり、小さい子たちと野草やキノコを摘みに行ったりして、少しでも食費を節約する努力をしていた。

「今まで返せなかったのに、いったいいつ返せるアテがあるんですかな？　そんな無理をするより、ルルカが私のところに来てくれれば、今までの借金は帳消しになるのですよ。こんなにいい話はないでしょう？」

いやらしい笑みを浮かべ、ルルカの手を撫《な》で続けるゴルドに、背筋がぞっとする。

院長の弱みにつけ込んで、この男が自分を第六夫人にしようとしているのは明白だった。

「ゴルド様、ルルカも突然のお話なので混乱していることでしょう。今日のところは、どうか……」

「いいでしょう。ですが長くは待てませんぞ？　来月の成人の日に、迎えを寄越すことにしましょう。それがルルカにとってもこの養護院にとっても、最善の選択ですからなぁ、はっはっはっ」

そう嘯《うそぶ》いたゴルドが意気揚々と引き揚げていくと、院長が茫然《ぼうぜん》としているルルカに頭を下げる。

「いやな思いをさせて、ごめんなさいね、ルルカ。大丈夫よ。お金のことはなんとかするから、あなたは遠慮なく断っていいんですからね？」

「院長様……」


それから、数日。

仕事に出ているものの、ルルカは上の空だった。

借金はあなたにはなんの関係もないのだから、と院長は言ってくれたが、このまま見て見ぬふりをすることなどできない。

今まで村の祭りや教会での慈善市などが開かれると、ゴルドが時折視察にこの養護院を訪れることはあったが、まさか自分の妾候補を物色していたとは思いもしなかったので、嫌悪感に吐きそうになる。

——でも、もし私が断ったら、次は下の子が標的になるかもしれない。

ゴルドのことだ。

自分が駄目なら、少し年下の子が成人するまで待って、また同じ話を持ちかけてくるに違いない。

次はミーナが彼の餌食になるかもしれないと思うと、背筋がぞっとした。

すると、考え事をしているところをめざとくローザに見つかり、舌打ちされる。

「なにぼ〜っとしてるのよ、使えないわね。さっさと街までお使いに行ってきて」

「は、はい」

そう命じられ、ルルカは慌てて治療院を出る。

シシリーヌ王国の治癒士には、純白の生地に金と青の縁取りが入った共通の制服がそれぞれ支給される。

仕事中は動きやすい制服で過ごし、儀式や正装の際は白いローブを羽織る。

その襟許《えりもと》には、それぞれの階級がわかるバッジをつけることが義務づけられていた。

まだ成人しておらず、見習い期間のルルカのバッジは木製だが、村では一応治癒士は尊敬対象なので、擦《す》れ違う人々は皆笑顔で会釈《えしゃく》してくれた。

乗り合い馬車に揺られて小一時間ほどの距離にある近隣の街に到着すると、頼まれていた買い出しや支払い、郵便局へ手紙を出してくるなどの雑用を淡々とこなす。

こうした雑事は、見習いの仕事なので慣れたものだ。

そこはマルゴ村の近くで一番大きな街なので、街路は石畳で美しく整備されている。

賑やかな市場へ出ると、中央の広場には美しい女性の銅像が建てられていた。

この王国の英雄、大聖女《だいせいじょ》ルーネの像だ。

たおやかでまだうら若き乙女の姿をしたルーネは、両手を組み、天を仰いで祈るポーズで今日も街を見守っている。

「大聖女様、どうか日々の暮らしをお守りください」

毎日祈りを捧げに来ているのか、老婆が手を組んで呟いている。

この王国に生まれて、大聖女の存在を知らぬ者はまずいないだろう。

今を遡ること、約三百年あまり。

当時シシリーヌ王国は、国土の中央に位置する広大な妖魔の森の存在に悩まされていた。

妖魔の森は瘴気《しょうき》が濃く、奥にある大沼から次々と魔獣が生まれ、近隣の街や人々を襲う被害が続出していたのだ。

ねずみ算式に増え続ける魔獣は、やがて人が多く住む都市部へ、さらに王都の近くまでへと侵略を繰り広げていった。

魔獣は人間の肉も好物だが、雑食なのでなんでも食べる。

丹精して育てた野菜や穀物なども食い荒らされ、人間の食料までもが奪われていく。

当然、王都を守るべく軍隊が派遣されたが、人力では歯が立たず、劣勢は明らかだった。

魔獣討伐へ投入された兵士たちの怪我を治療するために、大勢の治癒士が援軍に参加していたのだが、その中にまだ名もなきルーネもいた。

当時成人したばかりの十八歳だった彼女だが、前線で兵士たちを治療していくうちに、めきめきと頭角を現し、彼女の存在は治してもらった兵士たちの口から人々の噂に上るようになった。

彼女の癒やしの魔法は、どこかほかの治癒士とは違う、と。

当時最底辺の初級治癒士でしかなかったはずのルーネは、不治《ふじ》の病とされる重病人たちも次々全快させ、人々を驚かせた。

彼女の治癒魔法は桁違いで、そしてそれからわずか数年で王国至上初の、大聖女の称号を受ける快挙を成し遂げたのだ。

ルーネは多くの人々の怪我や病を癒やし、そして最期《さいご》は魔獣が生まれ出でる妖魔の沼を自らの身をもって封印し、その若い生涯を終えたと語り伝えられている。

そして、彼女は伝説の英雄となったのだった。

——でも大聖女様と違って才能のない私は、成人したとしても一生初級止まりかもしれない。

治癒士は光の紋章が浮き出た者に適性があるが、その能力には個人差があり、それぞれ各国で公式に定められた基準で能力に応じた階級に分かれている。

シシリーヌ王国では紋章持ちが養成所を卒業し、国家試験に合格すると治癒士の資格を取得できるのだが、一度に治癒できる人数などの判定で下位から『初級』『三級』『二級』『一級』に分類され、最上位が『特級』となる。

そして特級のさらに上の、最上位クラスの光魔法を使える者は、『聖女』と呼び名が変わるのだ。

当然、初級のルルカは治癒士のピラミッドの底辺に位置する。

『初級』『三級』までは治癒魔法のみ取得した者でもなれるが、『二級』以上は回復魔法と双方使えることが条件になる。

治癒内容も、初級は軽度な怪我のみ、三級は重傷の怪我を快癒できること。

二級以上はそこそこ重傷の怪我と軽度な病も治癒できる。

シシリーヌ王国ではなんらかの魔法を使える、いわゆる魔法属性を持って生まれてきた紋章持ちが人口の約二割から三割ほどだが、その中でも数が少ない治癒士、しかも二級治癒士以上はまさにトップクラスのエリートなのだ。

特級治癒士に至っては、全治癒士人口の中でわずか数パーセント程度らしい。

さらにその上をいく聖女は全国でも数えるほどしかおらず、彼らがどれほど希少な存在なのかがよくわかる。

魔力不足で、わずか数人にしか治癒魔法を使えないルルカには、成人しても出世の見込みはないといえた。

それでも……憧れだった治癒士にやっとなれると思ったのに。

今の治療院には三級治癒士のローザがいるので、ルルカは成人して正式に治癒士となった後、別の地に派遣されることになっていた。

――大聖女様、たとえ能力は低いとはいえ、あなたに憧れてやっとやっと、念願の治癒士になれそうなのに……いったい私はどうしたらいいんでしょうか……？

思わず両手を組んで祈りを捧げるが、当然ルーネの銅像が答えをくれるはずもない。

自立し、つましく生きていく、そんなささやかな夢すら打ち砕かれ、ルルカは絶望した。

だが、これが世の中なのだ。

貧しく力のない者は、強者たちから搾取《さくしゅ》されて生きるしか術《すべ》はないのだから。

意気消沈しながらも、いくつかのお使いと買い出しを済ませ、ルルカは大荷物を背負い、再び乗り合い馬車に揺られて街から帰宅した。

そのまま治療院前まで、荷物を運ぼうとすると、

「帰れ！　帰れよ！」

養護院の方から、小さい子たちの叫び声が聞こえてきた。

なにごとかと、ルルカは荷物を放り出して急いで駆けつける。

「どうしたの、ロイ⁉」

「あ、ルルカ姉ちゃん！　こいつらが……っ」

見ると、いかにもガラが悪そうな中年男性三人組が、養護院前でわざとらしく大声を張り上げていた。

「いくら養護院だからって、人様からした借金は返さなきゃいけねぇよなぁ？」

「そうだそうだ！」

一人が担いだ棒切れを振り回し、威嚇《いかく》しているので、外で遊んでいた子どもたちが怯《おび》え、一ヶ所に集まり震えている。

明らかな嫌がらせ行為に、ルルカは子どもたちを庇《かば》って立ちはだかった。

「皆、大丈夫⁉」

「ルルカ姉ちゃん！」

怯えた子らは、ルルカの制服の裾にしがみついてくる。

小さな子たちを庇いながら、ルルカは勇気を振り絞って彼らを睨《にら》みつけた。

「やめてください、子どもたちが怖がってるじゃないですか！」

「俺たちは借金の催促に来ただけだ。返すもん返しゃ、すぐに引き揚げてやるよ」

三人のうち、首領格と思《おぼ》しき一人が、にやつきながら無遠慮にルルカの全身を舐《な》め回すように眺める。

「ゴルド様もお好きだねぇ。俺はこんな細っこくて色気のないガキより、もっと妖艶な美女の方が好みだがなぁ」

「違いねぇ」

三人がゲラゲラと下品に笑い出し、それを聞いたルルカは、彼らがゴルドの差し金でやってきたことを察した。

今までわざわざ養護院にまで取り立てに来たことはなかったので、これもルルカを追い込み、言いなりにさせるための圧力なのだろう。

「大人しくゴルド様のところで可愛がってもらえよ。その方があんたもしあわせってもんだ。この養護院も救われるし、一石二鳥じゃねぇか。なぁ？」

「孤児がお貴族様の第六夫人になれるんだ。ありがたく思えよ」

「……皆、中に入ってなさい」

子どもたちを安全な建物の中へ避難させ、ルルカは彼らに対峙《たいじ》する。

「お話はよくわかりました。ゴルド様にはすぐお返事いたしますので、今日のところはお引き取りください」

「そうそう、最初から大人しくそうしてりゃいいんだよ」

「だが、長くは待てねぇとゴルド様がおっしゃってる。早くしろよ？」

「……わかってます」

目的を果たし、満足したのか、三人組は悠々《ゆうゆう》と引き揚げていった。

それを窓から見ていたのか、子どもたちが外へ駆け出してくる。

「ルルカ姉ちゃん、大丈夫⁉」

「平気よ。皆、怖い思いさせてごめんね」

「しゃっきんって、なに？　あいつら、ここがなくなるかも、なんて言うんだよ？」

まだ借金の意味もわからない小さな子に、なんてことを言うんだろう、とルルカは内心憤る。

すると、そこへ用事で外出していた院長が、慌てた様子で戻ってきた。

「どうしたの、なにかあった？」

「院長様……」

彼女の顔を見た途端、張り詰めていた糸が切れて、ルルカはその場にへたり込みそうになってしまう。

子らを再び室内へ戻し、ルルカはざっと今の経緯を説明した。

「なんてことを……」

「院長様、私、ゴルド様の許へ行きます」

「ルルカ……!?」

「大丈夫、私が第六夫人になったあかつきには、ゴルド様に毎年がっぽりこの養護院に寄付させますから！」

わざとおどけてみせると、院長が涙ぐむ。

結局、院長はあちこち金策に駆け回ってみたものの、頼れる先もなく、全額を返済することは不可能だったらしい。

あなたを犠牲にはできないと泣いて言ってくれたが、ルルカは「自分で決めたことなので」と譲らなかった。

そうするしか、道はないと思ったのだ。

こうして話はすぐまとまり、ルルカは来月の成人の儀式を受けた後、ゴルドの許へ嫁ぐことになったのだった。


シシリーヌ王国では、成人の十八歳の誕生日を迎えると、教会で女神へストレイアの洗礼を受けるのがしきたりだ。

選定の水晶に手を触れると、その者の特性が判定され、適職がわかるという。

いよいよ迎えた、成人の日。

一応紋章持ちであるルルカは既に治癒士見習いとして働いていたが、判定結果は『初級』だった。

「予想通り、初級か……村で数少ない治癒士だったのに」

「ローザは最初から三級だったんですが……まぁ、個人の力量ですからやむを得ないでしょう」

そんな神官たちのやりとりが聞こえてきて、居たたまれない気持ちになる。

——でも、結局ゴルド様の第六夫人になるんだし、もうどうでもいいことなのかな……。

今まで必死に努力してきただけに、治癒士のランクが低いことが確定してしまったのはショックだったが、ルルカはやや自暴自棄《じぼうじき》になっていた。

どこから聞きつけたのか、最後に治療院へ荷物を引き揚げに行くと、ローザが勝ち誇ったように嫌みを言ってくる。

「聞いたわよ、やっぱり初級だったんですってね。しょせんあんたには無理だったのよ。ゴルド様の愛妾にしていただけてよかったじゃない」

「ルルカ、本当にここを辞めちゃうの？」

ローザとは裏腹に、看護助手のハンナが涙声で呟く。

中には親しくしてくれた同僚もいたので、見習いで二年近く勤めた治療院を辞めるのは寂しかった。

が、ルルカは涙を堪え、「皆さん、今までお世話になりました」と頭を下げ、身辺整理を済ませたのだった。

その日、マルゴを春の嵐が襲い、朝から大雨が降り続いていた。

――この雨で、裏の森が崩れなければいいけど。

養護院のすぐ裏手にあるカイラの森は地盤が緩く、数年前も大雨の後に地滑りを起こしたことがある。

幸い、その時は小規模だったのでこの辺りまで被害は及ばなかったのだが、小さな子たちを雨の中避難させるのは大変なので、ルルカは雨が降るといつもそれが気がかりだった。

そのせいか、夜寝台に入ってもなかなか寝つけない。

治療院を辞め、成人してゴルドが迎えに来るまでの数日は、養護院で下の子たちと最後の時間を過ごすことにした。

明日も朝からやることが山積みなので、少しでも眠っておかなければ。

目を閉じ、遠くに雷鳴の音を聞いているうちに、うとうととしかけたのだろうか。

ルルカは、夢を見ていた。

白地に金と紫の縁取りが入った治癒士の制服に、正装である純白のローブを羽織った女性が、座り込んで震えている。

どうやら泣いているのだと察し、ルルカは思わず駆け寄る。

大丈夫ですか、と声をかけたかったが、不思議と言葉にならず、代わりにそっと手を差し伸べると、うつむいていた彼女が被っていたフードを外し、ルルカを見上げた。

年の頃は、二十代後半くらいだろうか。

絹糸のように美しい銀色の髪に、菫色の瞳は、自分と同じだ。

だがその面差しは見たことがない、華奢《きゃしゃ》ではかなげな美しい女性だった。

なんだか初めて会った気がしなくて、ルルカは彼女に手を貸して立ち上がらせる。

――あなたは、どなたですか……？

そう問いかけようとした瞬間、はっと意識が覚醒する。

――今の制服は、確か聖女様の……？

金と青の縁取りの治癒士の制服と同型ではあるが、治癒士の最高位である聖女のものは唯一金と紫の縁取りで、一目で違いがわかるようになっている。

この地方に聖女はいないので実物を見たことはなかったが、ルルカは知識として知っていた。

だがなぜ、一度も会ったことがない聖女の夢など見たのだろう……？

と、その時、一際大きな雷鳴が轟《とどろ》き渡る。

次の瞬間、ひどく不吉な予感がルルカを襲った。

不思議なことに、同室で眠っている子どもたちはこの雷鳴に誰も目を覚まさない。

――裏の森で、なにかあったのかもしれない。

突然襲ってきた不安がどうしても拭えず、ルルカは粗末な寝間着の上に雨具のマントを羽織り、そっと部屋を抜け出した。

ランプの灯《あか》りを頼りに、ぬかるんで足許の悪い中、必死に小高い森への小径を登っていく。

深夜、一人で森に入るなんて普段なら絶対にしない危険な行為だが、その時のルルカはなにかに突き動かされるように先へ進んでいた。

風雨で雨具のマントもさして役に立たず、瞬く間に全身ずぶ濡れになってしまう。

どれくらい、歩いただろうか。

疲労と寒さで朦朧《もうろう》としてきた時、かなり近くに雷が落ちた。

その後の雷光で周囲が照らされ、そこでルルカが目にしたのは凄惨《せいさん》な光景だった。

「うぅ……誰か……助けてくれ……っ」

「あ、足が折れた……っ」

倒れた木々の下に馬車が五台ほど横転し、周囲には多くの怪我人たちが呻《うめ》き声を上げている。

——いったい、なにがあったの……⁉

突然のことに混乱したが、すぐ察しがつく。

カイラの森には、近くの街道から繋がる裏道がある。

この一行は先を急ぐため、その裏道を使ったが、大雨で運悪く地滑りに巻き込まれ、倒木の下敷きになってしまったのだろう。

——ど、どうしよう……早く、助けないとっ。

恐怖と不安で全身から血の気が引き、ルルカはガタガタと震え出す。

だが、これだけの大人数に治癒魔法を施すには、少なくとも特級クラスの治癒士が数人必要だ。

村の治療院には三級治癒士のローザしかいないし、まして半人前の自分一人ではなにもできないに等しい。

「し、しっかりしてください……！」

それでも、ルルカは横倒しになった馬車の扉を開け、中でぐったりしていた人々に声をかけて回った。

ランプを翳《かざ》すと、泥にまみれているがそれらの馬車はかなり高級仕様で貴族のものだとわかる。

倒れて負傷しているのは武装した騎士が多く、貴族の要人の護衛に見えた。

――どうしよう、どうしよう、なんとかしないと……っ。

この雨の中、今から治療院まで来た道を戻れば、小一時間ほどかかり、その間に助からない者が出てしまうかもしれない。

追い詰められたルルカは、思わずその場に跪《ひざまず》き、天に祈った。

「親愛なる女神、ヘストレイア様、大聖女、ルーネ様！　どうか今だけでいいです。私にこの方たちを癒やす力をお与えください……！」

次の瞬間、天から巨大な光の柱が降り注ぎ、ルルカの身体を貫く。

――なに……!?　いったい、なにが起きたの!?

この光景は、いつか見たことがある。

いや、何度も何度も繰り返し見続けてきて、つらくて悲しくて。

身体がバラバラになってしまいそうな苦しみを堪えて、堪えて。

今まで必死に乗り越えてきた光景だ。

そう認識した直後、ルルカの脳裏には覚えのない記憶が怒濤《どとう》のごとく押し寄せてきた。

『大聖女様、お助けください、どうか……っ』

『ううっ、苦しい、早く……！』

目の前に累々《るいるい》と横たわっているのは、見たこともない甲冑《かっちゅう》姿の兵士たちだ。

だが、彼らが手にしていた剣や盾に刻まれている紋章には、見覚えがあった。

鷹《たか》とライオン、それに交差された二本の剣が刻まれた紋章は、このシシリーヌ王国王家のものだ。

『大丈夫、力を抜いていてください。偉大なる女神、ヘストレイア様のご加護があらんことを……』

白地に金と紫の文様が縁取りされたローブを羽織った女性が呪文を詠唱すると、周囲はまばゆいばかりの光に包まれる。

やがてその光が収まると、今まで苦痛に呻いていた兵士たちが次々と立ち上がった。

『おお、治った！　さすがは大聖女様だ！』

『ありがとうございます、大聖女ルーネ様！』

『これでまた、我ら王立騎士団は魔獣と戦えます！』

口々に賞賛され、大聖女と呼ばれたその女性は、淡く微笑《ほほえ》む。

銀色の長い髪に、菫色の瞳。

間違いない、さきほど夢の中で出会った、あの女性だった。

――この方が、伝説の大聖女、ルーネ様……？

少し悲しげなその面差しは、優しげでたおやかだ。

ルルカには、一瞬彼女が自分と重なるような気がした。

髪と瞳の色が同じだったからかもしれない。

けれど。

――ううん、気のせいじゃない。あれは『私』だ。

なんの根拠もないはずなのに、ルルカはそう確信していた。

そんな夢うつつを、どれくらい彷徨《さまよ》っていたのだろうか。

それはとてつもなく長く感じたが、実際はほんの数秒だったのかもしれない。

ふと我に返ると、そこはさきほどまでの凄惨な事故現場だった。

だが、ルルカの身体には今まで感じたことのない魔力の高まりが押し寄せていた。

全身から、力が湧《わ》き上がってくる。

できる。

今の自分には、彼らを救う力がある。

ほとんど半覚醒状態の無意識の中で、ルルカは両手を組んで祈りのポーズを取り、治癒魔法の呪文を詠唱した。

――大聖女様、どうか彼らをお救いくださいっ！

必死にそう祈った次の瞬間、周囲一帯がまばゆいばかりの光に包まれる。

その光は天にも到達し、あれほど激しかった風雨がぴたりとやんだ。

やがてゆっくりと光が消滅していくと、倒れ伏していた兵士たちが狐に摘まれたように一人、また一人と起き上がるのが夜闇の中でもわかる。

彼らの服は血と泥だらけなのに、痛みも傷も消滅してしまったようだ。

「いったい、なにが起きたんだ……？」

「怪我が、治ってる……！　奇跡だ！」

口々に喜ぶ彼らの声に、ルルカはよかった、と安堵《あんど》する。

が、強力な治癒魔法を使ったことで、身体が一時的に硬直したようになって動かない。

そしてルルカは糸が切れた操り人形のようにその場に頽《くずお》れ、意識を失った。


ああ、思い出した。

あれは、私。

約三百年前に、大聖女と呼ばれたルーネ、あれは前世の私なのだ。

断片的な記憶が、まるで走馬灯《そうまとう》のように否応なく脳裏に流れ込んでくる。

来る日も来る日も、命じられるままに傷ついた人々を癒やし続けた。

人の役に立てることを心から喜び、自ら志願してなった治癒士。

前世の自分は、辺境伯の三女としてこの世に生を受けた。

だが一応貴族とはいっても名ばかりで、内情は火の車。

借金ばかりが嵩《かさ》み、生活は苦しかった。

その分を補填しようと、重税と悪政で領民に疎まれていた父。

昔の栄光が忘れられず、いつまでも裕福だった頃の散財癖が直らない母。

長男が家督を継ぎ、先祖からの財産を分散させずに守るこの時代。

貴族の下の子たちは、男性は兵士か僧侶、女性は政略結婚の道具となるのが常だ。

だが、ルーネにはヘストレイアの紋章が現れ、幸い希少な治癒魔法の才能があったので、自ら身を立てるため、王都の治癒士育成所へ入学した。

自分が働いて、少しでも家族の助けになりたかったからだ。

優秀な成績で魔法学院を卒業した彼女は、当初からの希望通り、王都で一番大きな治療院で治癒士として働き始める。

魔獣討伐の前線で経験を積むうち、次第に頭角を現し、その治癒能力は、普通の治癒士の何倍もの怪我人を一度に癒やすことができた。

ぜひ同行してほしいと、名指しでの依頼が殺到し、ルーネの名は一躍知られることとなる。

昇格試験を受けるまでもなく、ルーネは治癒士となってからわずか数年で、治癒士の最高峰である聖女の称号を与えられる運びとなった。

聖女は、誇りある名誉職だ。

懸命に仕事をこなしていただけなのに、予想だにしていなかった展開に困惑したが、人々から必要とされるのは純粋に嬉しかった。

給金も驚くほど高額になったが、忙しすぎて使う暇もないので、ほとんどを実家へ送金していた。

『ルーネの治癒魔法で、ひどい粉砕骨折が跡形もなく治った』

『彼女の魔法は、ほかの治癒士とは違う』

彼女の評判は必死に働くほど高まり、すぐに王家専属の治癒士として王宮に召し抱えられるまでに出世した。

王宮に立派な居室も与えられ、都の大貴族と同等の扱いを受け、いつのまにか彼女の名を使い、実家で燻《くすぶ》っていた兄たちが次々と近衛騎士団に入団してきた。

本当は、こんな権力の使い方はしたくなかったが、両親に頼み込まれるといやとは言えなかった。

彼女の名声を決定的なものにしたのは、ウルグド山の地滑りで、一つの街が一夜にして土砂で押し流される大災害だった。

数百人規模の犠牲者が出た、悲劇だ。

知らせを受け、すぐさま馬を走らせて現場へ駆けつけたルーネは、全力を振り絞り、一度に全員を癒やした。

治癒魔法は、死者には通用しない。

だが、彼女のおかげで重傷者たちは命を取り留め、被害は最小限に抑えることができた。

「そなたの功績を称え、かつて誰も名乗ったことのない、最上位の名称、大聖女の称号を与えよう。これからも、我が王家のためにその力を存分に奮ってくれ」

「そんな、私のような者に、もったいのうございます」

当時の国王だったナナヴィル二世に賞替され、畏《おそ》れ多くて辞退しようとしたが、許されなかった。

王国始まって以来、初の大聖女の誕生に国中が沸き立ち、当時はまさにお祭り騒ぎだった。

ルーネの故郷に彼女を模した銅像が建てられると、大聖女のご加護に与《あずか》ろうとあちこちの街でそれを真似て像が建立される。

ルーネの報償はさらに跳ね上がったが、いつのまにか兄が彼女の収入を管理するようになり、『どうせおまえは忙しくて使う暇がないだろう』とわずかな金銭しか渡してもらえなかった。

実際、贅沢《ぜいたく》などする時間もなく、ルーネは寸暇《すんか》を惜しんで身を粉にし、働いた。

主な任務は魔獣討伐に向かった王立騎士団の治療で、貴族が最優先されたが、身分で差をつけるのはおかしいと、ルーネは自身の休息時間を削って平民兵士たちの治療も行った。

当時の睡眠時間は、よくて三時間。

まさに不眠不休で働いた。

とはいえ、王家が許可せず、王都から遠く離れた地へ行くことは許されなかったので、遠方からの依頼が受けられないのが心残りだった。

もっともっと、自分の力を必要としている人たちがいるはずなのに、その恩恵に与れるのはごく一部の王族や貴族たちだけなのがつらかった。

あらゆる貴族たちから舞踏会やらお茶会やらの誘いが引きも切らなかったが、ルーネは治療を優先させ、義理でやむなく出席しなければならないもの以外は断り続けた。

偏った派閥に肩入れしていると噂されれば、国の政治に影響が出かねないからだ。

事実、本人の意思に反してルーネの存在はそこまで重いものになってしまっていた。

若い身空で、ただひたすら働いて、働いて、働いて。

娘らしく美しく着飾ることもなく、清貧の暮らしを続け、ルーネは己のすべての時間を捧げて人々のために尽くした。

魔力は、自身の体力や精神を消耗するが、原則としてどんなに優れた魔法士でも、魔法は自分自身にはかけられない。

だが、人並み外れた強大な治癒能力を持つルーネだけは例外だった。

戦地で受けた傷や疲労は、自身の回復魔法で癒やすことができた。

だが、それをもってしても、激しい消費に追いつかない。

それくらい、ルーネの身体は酷使のせいで二十代前半にして既にボロボロだった。

王家からはかすり傷程度の怪我でも呼び出されるので、この分をほかの重傷者に回すことができれば、と何度思ったかわからない。

大聖女を独占し、支配する王家に、上位貴族たちの間にも不満が溜まっていく。

王宮にギスギスとした不穏な空気が漂い始め、このままでは自分が争いの源になってしまうかもしれないとルーネは危機感を抱いた。

が、その頃になると周辺国にもルーネの偉業は轟き、大聖女を奪おうと実際に正体不明の賊《ぞく》に攫《さら》われそうになる事件が起きた。

他国も大聖女を狙《ねら》っていると気づいた国王・ナナヴィル二世は、王宮の奥深くにルーネを幽閉し、厳重な警備をつけて他者を近づけなくなった。

これでは、治療ができない。

ルーネは今まで通り治療をさせてもらえるよう懇願《こんがん》したが、意見など聞いてもらえなかった。

ついに籠の鳥となってしまったルーネは、王家が許す者しか治療できなくなった。

親しい者にすら会えず、政治に利用されるしかない幽閉生活の身の上は、次第にルーネの心をも蝕《むしば》んでいく。

たまに、魔獣討伐の前線に連れ出され、治療を命じられるが、厳重に監視され、自由もない。

警護という名の監視の下で治療を行い、終われば再び幽閉される日々が続いた。

もはやその身は人間ですらなく、王家の所有物扱い。

私の人生は、いったいなんなのだろう……？

つらい。

苦しい。

助けて。

だが、彼女の血の滲《にじ》むような悲鳴は、誰にも届かない。

身の回りの世話をしてくれる侍女たちの噂話から、実家の人間はルーネの恩恵に与って王宮内で出世し、贅沢の限りを尽くしていると知ったが、ルーネにはもう諫《いさ》めることも叶わなかった。

最後に、ちらりと金髪碧眼《へきがん》の若い男性の姿がよぎり、意識が沈んでいく。

──どうして？　なぜ、こんなことになってしまったの？

前世で、何万回思ったかわからない言葉を、ただ繰り返す。

そして彼女は、夢ともうつつともつかない空間を彷徨い続けた。


次に目覚めた時は、治療院の寝台の上だった。

──あれ……？　どうしてここに寝てるんだっけ？

まだ頭がぼんやりとしていて、ゆっくり視線を巡らせると、早番勤務予定だった看護助手のハンナが駆け寄ってくる。

「目が覚めたのね、心配したのよ、ルルカ！」

「ハンナ……」

「カイラの森で倒れていたんですって？　どうしてあんな嵐の中、夜中に森なんか行ったのよ、危ないじゃないの」

そう言われ、ようやく昨晩の出来事を思い出す。

見ると、ずぶ濡れだった寝間着とマントは脱がされ、治療着に着替えさせられている。

果たして、あれは夢だったのだろうか……？

ルルカが答える前に、慌てた様子の院長が急ぎ足でやってきた。

「ルルカ、意識が戻ったのですね」

「はい、ご心配をおかけしてすみませんでした」

「いったい、なにがあったの？　大変なのよ」

「……どうかなさったんですか？」

すると、院長がルルカの問いに答えるより早く、ドアが開き、次々と武装した騎士たちが傾《なだ》れ込んできた。

「皆の者、控えよ！　シシリーヌ王国王太子、アレクシス殿下であらせられる！」

近衛兵の号令に、治療院に居合わせた者たちは全員慌ててその場に跪く。

なのでルルカも急いで寝台から出てそれに倣《なら》ったが、こっそり上目遣いに様子を窺うと、革のマントを羽織った長身の青年が入室してくるのが見えた。

年の頃は、二十二、三歳といったところか。

輝くような蜂蜜色の金髪に、青空を思わせる碧玉《へきぎょく》の瞳。

高い鼻梁《びりょう》に理知的で優しげなその風貌は、まるでお伽噺の中に登場する王子様そのものだ。

「よい、皆、楽にしてください」

王子の涼やかな声で皆が頭を上げると、看護助手の若い娘たちの間に声にならないざわめきが走った。

「あれがアレクシス殿下……？　なんて素敵な方なの……っ」

「あんなにお美しい殿方、生まれて初めて見たわ」

周囲のどよめきをよそに、王子は続ける。

「この地方への視察の帰り、私たちは先を急ぐあまり森の裏道を使いました。運悪く、そこで地滑りに巻き込まれてしまったのです。私の部下たちが大勢重傷を負い、私自身もひどい怪我を負いました。そんな惨状を救ってくださった治癒士がここにいるのです」

その言葉に、治療院で働く皆の間に動揺が走る。

「そんな……ここにいる治癒士は、ローザだけよね？」

「三級治癒士の彼女だって、三人同時に治癒魔法を使うのがやっとなのに、こんな大人数を一度に治癒するなんて、それはもう特級クラス……ううん、聖女以上の治癒士よ……？」

ローザ自身も、その自覚があるのか訝《いぶか》しげな表情だ。

――ああっ、どうか王子が私の顔を憶えてませんように……っ！

内心祈るような思いで、ルルカはさりげなくうつむいて顔が見えないようにする。

あまりに急展開すぎて、まだ信じられないが、昨夜の能力と夢から推察すると、どうやら自分は三百年前の英雄・大聖女ルーネの生まれ変わりらしい。

急な能力の顕現は、成人を迎えたのが原因なのだろうか？

とにかく今世でも大聖女クラスの治癒魔法が使えると人に知られてしまったら、また前世と同じことの繰り返しになる。

再びあの過酷な人生を送るなんて、想像しただけで背筋がぞっとした。

なんとしても、この秘密は人に知られるわけにはいかない。

そんなルルカの切なる願いをよそに、王子は一歩、また一歩と進み、居合わせた者たちが自然と左右に分かれて道を作る。

そして王子は、一直線にルルカの前に来て立ち止まった。

「お名前をお聞かせいただけますか？」

「ル、ルルカと申します」

問われて名乗らぬわけにもいかず答えたが、ルルカは粗末な治療着の裾を引いてお辞儀をするのをいいことに、ひたすらうつむいて顔を隠す。

「昨晩、私たちを救ってくださったのは、あなたではないですか？」

「と、とんでもない、人違いですっ、私はまだ見習いの身で、とてもそんな強力な治癒魔法は使えないので」

するとここぞとばかりにローザがしゃしゃり出てくる。

「そうです、この者は治療院でも落ちこぼれで有名なので。他の者とお間違えになられたのではありませんか？　と言っても、ここには私しか治癒士はおりませんけれど」

すると、王子は上品に微笑《ほほえ》んだ。

「では、ほかに心当たりのある方は？」

そう声をかけられても、名乗り出る者は誰一人いなかった。

――まずいっ、相当にまずいよ、これ……!!

だが、こうなった以上ひたすらしらを切り通すしかない。

ルルカが覚悟した時、なぜか王子はあっさりと引いた。

「そうですか。この治療院の治癒士の方だと思ったのですが、勘違いだったようですね。お騒がせしました」

マントを翻《ひるがえ》して踵《きびす》を返し、王子は迷いなく治療院を出ていく。

「後からでも、心当たりのある者は申し出るように！　殿下より報奨金を与える！」

最後に衛兵が言い残し、一行は治療院を後にした。

「いったい誰なの？」

「さぁ……殿下たちの恩人だというのに、名乗り出ないのもおかしいわよね」

王子が去った後は、誰が彼らを救ったのかという話で持ちきりだ。

「アレクシス殿下、素敵ねぇ」

「でも、ねぇ……ほら、死神王子って渾名《あだな》がついてるんでしょ？」

ローザを中心に、日頃ルルカを虐めてきた者たちが、ひそひそと噂する。

「私の叔父様が王宮に出入りしているんで、確かな情報よ」

豪商である家柄が自慢のローザが、得意げに吹聴した。

なんでもアレクシスは今年二十二になるのだが、二十歳の時に、シシリーヌ王国でも大貴族のバーガンデス侯爵家の娘・アイラとの婚約が決まると、アイラは突然原因不明の病に倒れてしまった。

治療に時間がかかるため、婚約は解消となったらしい。

次期国王である彼に自分の娘を嫁がせたい貴族は山ほどいて、次に候補となったのはこちらも名門ラウド公爵家の娘・エレノアだったが、彼女も王子との婚約が発表されてほどなくアイラと同じ症状の病に冒され、娘の身を案じた公爵が婚約を辞退。

破談になった途端、二人の令嬢の病は徐々に回復していったこともあって、三人目に名乗りを上げる婚約者は、誰もいなくなった。

『王子と婚約すると、病にかかる』

そんな噂が王宮から漏れ出し、死神王子の噂はもはや辺境のこの村にも届いていた。

さすがに不幸続きで、お妃候補選びは一時保留になり、現在もアレクシスは独身のままだという。

「というわけで、次の婚約者がなかなか見つからないんですって」

「あんなに素敵な方なのに、お気の毒ねぇ」

と、若い娘たちの噂話は止まらない。

――どうしよう、あの人が王子だったなんて。

このまま知らないふりをしていれば、大丈夫だろうか？

悩みつつも、自分だと言えるわけもないので、ルルカはさりげなくその場を逃げ出し、養護院へ戻ろうとした。

早く着替えなければ、と焦《あせ》っていると、ふいに背後に人の気配を感じ、振り返る。

すると、いつのまに接近していたのか、なんとあの王子、アレクシスが立っていて内心ぎくりとした。

「で、殿下……⁉」

慌てて平伏すると、彼はルルカの目前に立ち、そして一言。

「やっぱりきみだね？」と告げる。

「お、恐れながら、いったいなんのことでしょう……？」

ひたすら惚《とぼ》けると、アレクシスがその宝石のような目を眇《すが》める。

「さきほどは人前だったので追及しなかったが、森で気を失っていたきみをこの治療院まで運んだのは我々だ。昨晩の奇跡はきみが起こしたとしか思えないのに、なぜ名乗り出ない？」

「そ、それは……っ」

まずい、この状況では自分以外該当者が存在していない。

報酬を得られるのに善行を隠すことを怪しまれ、なにかうまい言い訳はないかと必死に頭を巡らせる。

「えっと……それはですね、そう！ 本当にたまたま火事場の馬鹿力っていうか、皆さんを助けようと必死で治癒魔法を使ったら、今まであり得ないくらいの力が出せたみたいなんですっ。私、普段は落ちこぼれで、成人しても最低ランクの初級治癒士がやっとの役立たずなんですっ。だからあれはまぐれっていうか、なんというか……」

必死に言い逃れようとするルルカを、アレクシスはただじっと見つめている。

「……ですから、昨晩の一件はなかったことにしておいていただけませんか？ 報奨金もなにもいりません。私はただ、平穏に暮らしたいだけなんですっ」

必死に懇願し、ルルカはふと表情を曇らせる。

「……それに、私はもうこの治療院を退職した身ですから」

「へぇ、なぜ？」

「それは……いろいろと事情がありまして」

領主の第六夫人になるとは言えず、ルルカは言葉を濁す。

「ですから、もうお会いすることもないでしょうし、忘れていただけると助かります。では」

一方的に話を打ち切り、ルルカは逃げるようにその場を立ち去った。

これでいい。

王子にとっては旅先の不思議な出来事として、そのうちすぐに忘れてしまうだろう。

彼以外の人間に勘づかれずに済んで不幸中の幸いだった、とルルカは胸を撫で下ろした。


翌朝、ルルカは身の回りの私物をまとめ、旅立ちの準備を整えた。

彼女が成人するのを手ぐすね引いて待ちわびていたゴルドが、さっそく養護院へ迎えに来ることになったのだ。

いまだに自分が大聖女ルーネの生まれ変わりだという現実を受け入れられなかったが、馬車の到着時刻は容赦なく迫ってくる。

「本当に行っちゃうの？　ルルカ。寂しくなるわ」

共に養護院で育ったミーナが、半べそで抱きついてくる。

「元気でね、ミーナ。下の子たちのこと、よろしくね」

「うん、任せて。たまには遊びに来てね」

するると、興味半分で治療院から外に出てきて、その光景を横目で眺めていたローザが、ふんと鼻を鳴らす。

「治癒士として役に立たないんだから、領主様の第六夫人にしてもらえるだけでもありがたいことじゃない。元気でね。もう戻ってこないことを祈るわ」

「ひどい、ルルカは仲間だったのに、なんてこと言うの！」

「いいのよ、ミーナ」

憤るミーナを宥《なだ》め、ルルカは涙を堪える。

「元気でね、ルルカ。手紙を書くわ」

「院長様……どうかお元気で」

院長たちも見送りに出てくれたのが、ありがたかった。

しばし涙の別れを惜しんでいると、ついに領主の馬車がやってくる。

待ちきれなかったのか、ゴルド直々のお迎えだ。

「おお、ルルカ。この日を待ちわびたぞ！　なに、そなたに不自由はさせん。良い暮らしをさせてやるからな。さぁ、早く馬車に乗るがよい」

「は、はい、ゴルド様」

涙ながらに見送ってくれる院長たちに一礼し、ルルカは最後に生まれ育った養護院を見上げる。

――さよなら、皆。どうか元気で……。

そして、鞄を手に馬車に乗り込もうとした、その時。

街道から、養護院へ続く道を数台の馬車が上ってくるのが見えた。

「あら、あれは昨日いらした王太子殿下の馬車では……？」

いち早く気づいた院長が、驚きの声を上げる。

「なに⁉　王太子殿下がマルゴにいらしていたのか⁉　聞いておらぬぞ？」

まったく知らなかったらしいゴルドが目を剝《む》いている。

「は、はい、お忍びだったらしくて……でも、もう王都へお戻りになられたとばかり思っておりました」

「いや、ちょうどよい。私の名を憶えていただくために、ぜひともご挨拶させていただこう！」

高価なシルクタイを結び直し、ゴルドはルルカのことなどそっちのけで、嬉々として王子の馬車を待つ。

やがて王家の紋章が刻まれた馬車は、養護院前に停車した。

馬車から降りてきたのは、やはりあのアレクシスだ。

――帰ったと思ったのに、まだなにか用があるの……？

街の宿に泊まったはずなのに、王都へ戻る道とは反対方向にあるここへわざわざ戻ってきた彼を、ルルカは不審げに見つめる。

「これはこれは、王太子殿下。お初にお目にかかります。わたくし、この地方を治めておりますゴルドと申します。偶然とはいえ、殿下にお会いできてこんな光栄なことはございません。以後お見知りおきを」

恭しく王族への礼を取るゴルドに、アレクシスは天使の笑顔を見せた。

「初めまして。視察の帰りに街道を通らせていただきましたが、よい街ですね。きっと治めておられる領主が、ご立派な方なのだろうと感心していたところです」

「そんな、お褒めに与り光栄至極に存じます」

滅多にお目にかかれない王族に褒められ、有頂天のゴルドを尻目に、アレクシスは傍《かたわ》らに控えていたルルカに視線を投げる。

――な、なんなの……？

警戒心全開のルルカだったのだが。

すると彼は突然その場に跪き、ルルカの手を取った。

「昨日偶然きみに出会い、一目見たその瞬間から、僕の心はきみに奪われました。このままきみを置いて王都に帰るなんて、とてもできません。まさにきみは白衣の天使だ。どうか、僕の妃になってください」

「…………は？」

一瞬なにを言われたのか理解できず、ルルカはぽかんとする。

すると。

「な、なんと！　アレクシス殿下がルルカに求婚された⁉」

「お、王太子殿下がルルカに求婚なさったわ……⁉」

「まぁ、なんてことでしょう……！」

「落ちこぼれのルルカに、なぜ……⁉」

その光景を目撃していた、王子のお付きや治療院の人々がざわめき始めた。

「もう一日たりとも離れては暮らせない。このまま僕と一緒に来てくださいますね？　僕の可愛い人」

返事をもらうより早く、アレクシスが恭しくルルカの手の甲に口づけると、見送りの女性たちの間から声にならないどよめきが走った。

「え、あの……」

すっかり混乱し、返事ができないルルカを尻目に、アレクシスはあっけに取られているゴルドを振り返る。

「ゴルド辺境伯。僕はこの地を視察に訪れ、昨晩の嵐のせいで突然の事故に巻き込まれました。そこで手厚い看護をしてくれた治療院で出会った彼女に一目惚《ひとめぼ》れをし、今求愛したところなんです。僕たちの行く末を祝福していただけますか？」

「え⁉　いやその娘は、私の……」

自分の第六夫人として輿入れするところだ、と主張したいのは山々だったが、まさか王太子の見初《みそ》めた相手を横取りなどできるはずもなく、ゴルドはしおしおと引き下がる。

「も、もちろんでございます、殿下……」

「それはよかった。さぁ、王宮へ共に行こう、僕の愛しい人」

愛おしげに肩を抱き寄せられ、ルルカの混乱は頂点に達した。

「ちょ、ちょっと待ってください……私は……！」

するとアレクシスはさらに一歩距離を詰め、ルルカの耳許で囁《ささや》く。

「しっ、静かに。昨晩のことを黙っていてほしかったら、僕の言うことを聞いた方が身のためだと思うけど？」

「…………は⁇」

驚いて彼を見上げると、アレクシスはにやりと人の悪い笑みを浮かべる。

「どうやらきみは、強大な治癒能力を持っているのを人に知られたくないようだ。僕も鬼じゃないが、秘密を守ってほしいのなら、それなりの対価は支払わないとね？」

そこでようやく、ルルカは彼が自分の弱みにつけ込んで脅そうとしているのだと気づいて青ざめた。

「わ、私にいったい、なにをさせようと言うんですか⁉」

周囲の人間には聞こえないように、声を潜めてアレクシスを詰問する。

「まぁ、それは後のお楽しみに取っておこう。僕から逃げたりしたら、どうなるかわかってるよね？」

と、アレクシスがにっこりする。

それはまさに、口にした内容とは正反対の、神々しいまでの天使の微笑みだ。

――こ、この人、天使の見かけで中身は悪魔だ……‼

「ど、どうなの、ルルカ。殿下のお申し出をお受けするの……？」

突然のことに狼狽えている院長に問われ、一同がルルカの返事に注目する。

「……そ、それは……」

ここで断れば、この腹黒王子に先日の治癒能力のことを暴露されてしまう。

ルルカに選択肢など、あるはずがなかった。

「……とてもありがたいお申し出なので、謹んでお受けさせていただきます……」

すると、ゴルドを除いた養護院、治療院仲間たちの間に歓声が上がった。

「嘘でしょ⁉　あり得ないんだけど！」

若干、ローザだけが別の意味で悲鳴を上げてはいたのだが。

「すごいぞ、ルルカ！」

「しあわせになってね……！」

「あ、ありがとう、皆……」

ぎこちない笑顔を無理に作り、ルルカは彼らからの祝福を受ける。

「さぁ、それじゃ出発しよう」

極上の笑顔でそう告げ、王子は衆人環視の中、いきなりルルカを抱き上げた。

「ひゃああっ！」

お姫様抱っこで有無を言わさず馬車に押し込まれ、ルルカが悲鳴を上げているうちに馬車は走り出していた。


その数時間後。

ルルカは絶望的な気分で馬車に揺られていた。

「どうしたの？　事故から急いで修理させたんだが、乗り心地がよくないかい？　これでも最高級の素材で造られた王家御用達《ごようたし》の馬車なんだけどな」

「……馬車の乗り心地は関係ないですっ。い、いったいどういうつもりなんですか……!?」

アレクシスが暮らしているのは、当然王都にある王宮だ。

過去世の記憶を思い出し、王宮で籠の鳥とされ、王族への不信感や嫌悪感が噴き出しているルルカにとっては、たとえ三百年経っているとしても王宮に行くことなどあり得なかった。

いったい、この男は自分になにをさせようとしているのか？

「失礼ながら、王太子殿下ともあろう方が、私のような平民の小娘をいったいどうなさろうというのです⁉」

だが、それを聞いたアレクシスは馬車に揺られながら極上の笑顔のまま、爽《さわ》やかに告げる。

「きみのその、首の上についているものはいったいなに？　ただの帽子の台なのか？」

「……は？」

「頭は使ってこそ意味があるというのに、きみときたら馬鹿正直にあんな辺境伯の第六夫人になるつもりだったとは、お粗末にも程がある」

「ど、どうして、それを……」

「昨日、あの後院長から話を聞いたんだよ。きみが養護院の借金のために縁談を受けたとね」

詮索をあきらめ、帰ってくれたとばかり思っていたのに、まさかそんなことをしていたとは、とルルカは内心あきれる。

「……私の弱みを握って、どうしようっていうんですか？」

もしかしたら、このまま人買いにでも売り飛ばされてしまうのだろうか。

警戒しながら問い詰めると、アレクシスはふんと鼻を鳴らした。

「この僕が、本当にきみに一目惚れして、あの好色領主から横取りしたとでも？　ずいぶんとおめでたいな」

好青年然とした表の顔とはまったく違う態度で、極上の笑顔で毒を吐く彼に、ルルカは面食らう。

「ああ言ったのは、そういうことにしておいた方がいろいろと都合がいいからだ。きみに拒否権はない。あの桁外れな治癒能力のこと、誰にも知られたくないんだろう？」

「……私を脅す気ですか？」

「わからないな。あんな凄まじい治癒能力があれば、治癒士として最上位である聖女の称号も楽に受けられるのに、なぜ隠す？」

「それは……言いたくありません」

理由を答えられないルルカは、そう拒否し、頑《かたく》なに黙り込んだ。

そんな彼女を前に、アレクシスは腕組みして嘆息する。

「見かけによらず頑固だな。まぁいい。とりあえず手を出して」

「……？」

指先は下働きの水仕事で荒れに荒れ、加えて薬草摘みで切ったりしていて傷だらけなので、とても見せられるものではなかったのだが。

いいから、とさらに催促され、ルルカは恐る恐る両手を差し出す。

「治癒魔法で、この傷を癒やしてごらん」

唐突に言われ、ルルカは目が点になった。

「治癒士は自分自身の治癒はできません。ご存じだと思いますが……？」

「試しにやってみてよ。減るものじゃないだろう？」

「……」

王族の気まぐれになぜ付き合わなければならないのかと腹が立ったが、やらないといつまでもしつこく催促されそうだったので、渋々彼を納得させるために治癒魔法の呪文を詠唱した。

すると。

「……嘘……!?」

瞬く間に両手の傷が治り、あっという間に傷一つない肌になったので、ルルカは驚きで声を失った。

するとまるでそれを予測していたかのようにアレクシスが囁いてくる。

「思った通りだ。知っているかい？　我が王国、全治癒士の中で一人だけ自分自身への治癒が可能だった人物がいる。そう、大聖女ルーネ様だ」

その名を口にされ、ルルカはギクリと身を震わせた。

「……それは、いったいどういう意味ですか？」

「さぁ？　とりあえず、王都までは長旅になる。せいぜい仲良く過ごそうじゃないか」

――まさか、私が大聖女様の生まれ変わりだって気づいてる……⁉

そんなこと、あるはずがないと否定しながら、不安は募るばかりだ。

決定的な秘密を握られ、ますますアレクシスには逆らえなくなる。

生きた心地がしないまま、馬車に揺られること数日。

途中、宿泊した宿は最高級なもので、ルルカも個室を与えられた。

さらにアレクシスは、どこで手に入れてきたのか、今まで見たこともない上質なドレスを何着も押しつけてきて、今後はそれを着るよう命じられる。

前世ではともかく、今世では高価なドレスなど触ったこともないので着方もわからず、王子付きの侍女の世話になるのも気疲れしてしまう。

普段は質素で動きやすい木綿の服か、治癒士の制服を着ているルルカにとって、着慣れないドレスは堅苦しく、不快指数はさらに高まっていった。

夜中にこっそり逃亡しようかとも考えたが、抜け目のないアレクシスはそんな考えを見透かしたかのように扉の前に護衛と称した衛兵を立たせたので、それも叶わない。

刑場へ赴く気持ちで迎えた、旅の十日目は、ついに王都へ入った。

「ごらん、ここが花の王都セフィラだ」

王子に促され、ルルカは馬車の窓から外を眺める。

「わぁ……！」

目の前に広がるのは、辺境の片田舎で生まれ育ち、そこから一歩も出たことがなかった少女にとってはまさに夢の世界のような光景だった。

美しく舗装された、立派な石畳の道路に広場。

道中、緑が多かった景色は一転し、都会のそれへと変わる。

街の繁華街を通過すると、王家の紋章が刻まれた馬車を見て、人々が笑顔で会釈してきた。

もちろん、王都にも貧しい人々が暮らす地域はあるだろうが、それでも少なくとも表面上は平和で恵まれた光景だ。

――今の王家は、国民に愛されている……？

なにせ三百年前の記憶しかないので、ルルカは自分が見知っていた当時との落差に戸惑う。

そんな彼女に、アレクシスはおもむろに告げた。

「さて、王都に入ったことだし、そろそろ本題に入ろう。噂に聞いているだろうが、僕は二人の婚約者を失った死神王子として名を馳《は》せているが、このまま妃を娶《めと》らないわけにもいかない。そこできみに偽装婚約を依頼したい」

「偽装婚約……?」

「僕と婚約すると、恐らく三人目になるきみにも災いが降りかかる……いや、誰かに命を狙われるかもしれない。僕はこの件には何者かの陰謀が隠されていると思っている。だから次こそは、僕自身の手で犯人を明らかにしたい。それには周囲に犠牲が出るかもしれないが、あの治癒能力を持つきみがそばにいてくれれば、万が一危険な目に遭《あ》っても僕や部下たちの怪我を治せるだろうからね」

思いもよらなかった提案に、ルルカは驚きで言葉を失った。

アレクシスの噂は話半分に聞いていたものの、どうやらほぼ真実だったらしい。

——この人も気の毒ではあるけど……でも、人を脅して言うことを聞かせようなんてひどすぎるっ!

抗議を込めて、ルルカは彼をきっと睨みつけるが、アレクシスは蚊《か》に刺されたほども応《こた》えていない様子で平然と続ける。

「はっきり言おう。きみには、僕の婚約を阻《はば》む何者かの正体を暴くための、囮《おとり》になってほしい。むろん、危険なことをさせるんだ。報酬は弾むよ。当然きみ自身に危険が及ばないよう護衛もつけるが、万が一なにかあった時のために自分自身に治癒魔法を使えるきみなら、囮役はまさに適任だ」

自分自身に治癒魔法をかけさせて確認したのは、そのためだったのか。

どこまでも用意周到なアレクシスに、ルルカはただただあ然とするしかない。

「ちなみに、ゴルド辺境伯が肩代わりするはずだった養護院の借金は、僕が責任を持って完済しておく。きみが望むなら、今後も引き続き、あの養護院には相応の寄付を約束しよう」

その魅力的な申し出に、ルルカの心は初めてぐらりと揺れた。

そうだった。

ゴルドの第六夫人にならないのなら、肩代わりの話はなくなるのだから、借金問題は依然残ったままなのだ。

「僕はきみを利用するためにこの取引を持ちかけているんだ。報酬を受け取るのは当然の権利だ。遠慮することはない」

と、性格の悪そうな王太子は、極上の笑顔でうつむいたルルカの顔を覗《のぞ》き込む。

「どうする？　このまま僕と王宮へ向かうか、それとも今からでもマルゴに引き返してあのゴルド辺境伯の第六夫人になる？　一番下っ端だから、正妻やほかの夫人たちから死ぬほどいびられるだろうけど」

「……殿下、性格悪いって言われませんか？」

「ご心配なく。本性を見せる相手は選んでいるからね」

「……」

精一杯の皮肉も軽くいなされ、為す術がない。

三百年経っているとはいえ、因縁のある王宮へ行くのはひどく恐ろしい。

だが、この条件を呑《の》まなければ養護院は救えないし、自分の秘密を暴露される危険もある。

結局、ルルカには従うしか道は残されていなかった。

「……わかりました。条件は二つ。一つは殿下が縁談をぶち壊してくださったので、ゴルド辺境伯の代わりに養護院の借金をすべて肩代わりしてくださること」

「むろん責任は取る。もう一つは？」

「……死ぬまで私の秘密を守ってくださると、お約束していただけるのなら、そのお話、お受けします」

「いいだろう、契約成立だ」

二人の取引が完了すると同時に、絶妙な間で馬車は立派な白亜の大豪邸の前に停まる。

「着いたよ、降りて」

アレクシスに促されて馬車を降りると、ルルカはそのお屋敷の豪華さに言葉を失う。

「ここが王宮なのですか。すごい……」

ルルカが感動していると、「なに言ってるんだ。ここはサフォール伯爵邸だよ。王宮はもっと先にある」とアレクシスに笑われてしまった。

「伯爵邸……？」

ということは、王宮はさらにものすごいお屋敷なのだろうか？

いったい誰の家なのだろうと訝しんでいるうちに、アレクシスがさっさと行ってしまうので、慌てて後をついていく。

すると、門前ではずらりと並んだ使用人たちと共に、四十代前半の貴族と思しき男女が待ち構えていた。

「ようこそお越しくださいました、殿下」

「急に無理を言って申し訳ありません、サフォール公」

「とんでもない。日頃は我が息子・ガイルがお世話になっているのですから、なんなりとお申しつけください」

サフォール伯爵は、がっしりとした体格の長身で、見栄えのよい男性だ。

「早馬の手紙でお知らせした通り、この子がルルカです。ルルカ、ご挨拶を」

「は、初めまして、ルルカと申します」

アレクシスに紹介され、ルルカはぎこちなくドレスの裾を引いて挨拶する。

「よく来たね。歓迎するよ。これからきみは、私の娘になるんだ」

「まぁまぁ、可愛らしいお嬢さんだこと。前から娘が欲しかったの。うちには男の子しかいないんだもの。わたくしはメリッサ。どうぞよろしくね」

たおやかな風情で優しげな夫人もそう名乗り、歓迎してくれる。

「……え？　娘……？」

聞いてない。

まさに寝耳に水の出来事に、ルルカは思わずアレクシスを振り返ると。

「今日からきみは、しばらくここで暮らすんだ。では、よろしくお願いします。たまに様子を見に来ますので」

驚きのあまり固まっているルルカをよそに、アレクシスはさっさと馬車に乗り込み、走り去ってしまった。

――え、待って待って？　なんで私、いきなり貴族の家の養女にされてるの⁇

一人取り残されたルルカは、ただただ茫然とするばかりだ。

落ち着いたところで、メリッサから教えられた情報によると、ここはサフォール伯爵家。

メリッサには三人の息子がいて、その長男・ガイルがアレクシスと共に学んだ同い年の学友で、昔から家族ぐるみの付き合いをするほど親しいらしい。

現在ガイルは王立騎士団の第三部隊隊長を務め、魔獣討伐の遠征に出ているので不在とのことだった。

今回、急に養女の件を頼み込まれて驚きはしたが、アレクシスのためならと、サフォール家では快くルルカを迎え入れてくれたようだ。

――まったく、圧倒的に説明不足なんだから……！

こんな大事なことも話しておいてくれないアレクシスに、内心憤りを感じる。

――つまり、平民の私では身分差があるから、貴族の養女にして釣り合いが取れるように裏技を使ったってことか……。

身分の高い男性が、平民の女性を見初めた際、いったん貴族などの養子にして体裁を整えるようにするというのはよくある話だ。

だが、アレクシスは王族で、しかも次期国王である。

伯爵家の養女にしたとはいえ、本当に平民の自分が婚約者などになれるのか、不安でしかなかった。

「さぁ、こうしてはいられないわ。時間がないから、さっそく特訓に入りましょう」

「え、特訓……？　なんの、ですか……？」

さっぱり訳がわからないルルカに、メリッサはにっこり微笑む。

「当然、社交界デビューの準備に決まってるわ。アレクシス様から、三ヶ月であなたを一人前の淑女に仕上げるようにと頼まれているの。わたくしの特訓は厳しいから、頑張ってついてきてね。うふふ」

「え？　え？　えええええええ～～～⁉」

こうして。

望むと望まざるとに関わらず、ルルカの王都での生活が始まった。

サフォール伯爵家では立派すぎる個室と専属の侍女まで用意してもらい、充分すぎるほどの待遇だ。

が、たった三ヶ月で淑女としての教養を身につけねばならないということで、ルルカにはせっかくの都会での暮らしを楽しむ余裕もない。

普段物腰も柔らかく、天使のように優しいメリッサだが、講師の立場となると途端に変貌して鬼と化す。

「ダ、ダンスなんて、踊ったことがないので無理です！　メリッサ様のお御足を踏んでしまいますっ」

この日は、朝から舞踏会で踊るダンスの特訓をするということで、伯爵家の大広間へやってきたが、ルルカは初っぱなから尻込みし通しだ。

「まぁまぁ、一から教えてあげるから大丈夫よ。とりあえず基本からやってみましょうか」

メリッサ夫人に宥めすかされ、ルルカはやむなく男性パートを務めてくれる彼女の手を取る。

最初はぎこちなかったが、なぜかすぐ足が動くようになり、ルルカは流れるようなステップを踏んでいた。

貴族たちが社交界で踊るダンスなど、見たことも体験したこともないはずなのに、身体はステップを記憶しているかのようだ。

「え？　本当に初めてなの？」

「は、はい」

「とてもそうは思えないくらい上手よ。これならすぐ上達できるわ」

メリッサは喜んでいるが、ルルカは戸惑いが隠せない。

——これってやっぱり、前世の記憶……？

それから礼儀作法や上流階級の会話術など、メリッサが手配してくれた家庭教師から学んだが、どれも憶えのある内容ばかりだった。

恐らく前世のルーネは辺境伯令嬢とはいえ、一応貴族としての教育を受け、王宮で暮らしていたので、一通りの作法は身につけていたのだろう。

それは今のルルカにとっては実に幸運だったが、内心複雑だ。

このまま、どんどん前世の記憶が蘇《よみがえ》ってきたら、いつかあのひどい苦しみをもう一度味わうことになるのではないか。

それが恐ろしくてたまらなかった。

「ルルカの教育の方はいかがです？　はかどっていますか？」

その日、公務の合間を縫って伯爵邸を訪れたアレクシスに、メリッサは複雑そうな表情を見せる。

「それが……気味が悪いくらいに順調なのです」

「どういうことですか？」

「ダンスも会話術も礼儀作法も、まだ初歩を教え始めたばかりなのですけれど、あの子は既に一通り完璧にマスターしているようなのです。まるで、過去に貴族教育を受けたことがあるみたいに」

メリッサが言うには、ルルカに問い質しても本当に養護院での平民の子らが受ける最低限の教育と、治癒士の授業しか受けたことがないのだという。

「乗馬も、かなりの腕前なのですよ？　本当にあの子は、貴族の娘さんではないのですか？　物腰も立ち振る舞いも、養護院で育ったとはとても思えないのですが」

「……そうですか」

「でも、おかげで仕上がりは予定よりもずっと早くなりそうですわ。社交界デビューに向けて、とびきりのドレスを仕立てておきますね」

メリッサは優秀な生徒を育てるのが楽しいらしく、ご機嫌だ。

反面、アレクシスは中庭に臨むテラスで家庭教師の女性からお茶の手ほどきを受けているルルカを見つめた。

メリッサの選んだ淡い桃色のドレスに身を包んだ彼女は、たった半月ばかりで見違えるほど愛らしく美しい淑女へと変貌を遂げていて、思わず見とれてしまう。

確かに、生まれた時から養護院で育ったとは思えないほど立ち振る舞いに品がある。

――やはりあの娘には、なにか秘密がある。

アレクシスはそう確信していた。


あれは忘れもしない、急な視察に出向かなければならなかった、その帰り道。

マルゴをひどい嵐が襲ったが、アレクシスは雨足が弱まったのを確認し、夜通し馬車を走らせることにした。

今夜中にマルゴを抜ければ、王都への帰還が楽になる。

都会育ちのせいか、多少の風雨は大したことではないと、自然災害を甘く見てしまったのだ。

結果として、突然の地滑りに巻き込まれ、大惨事になってしまった。

帰りを急ぐあまりに、自分だけではなく部下たちまで危険に晒《さら》してしまったことを、アレクシスは激しく後悔していた。

自身も横転した馬車から放り出され、骨折と怪我の痛みで朦朧としていたが、激しい雨の中、誰かが駆け寄り、負傷した部下たちに声をかけて励ましているのに気づいた。

誰か、助けを呼んでくれ。

そう叫びたかったが激痛で声も出ず、アレクシスはごぶりと血を吐いた。

どうやら、折れた肋骨《ろっこつ》が肺に刺さっているようだ。

これはもう、駄目かもしれない。

こんな森の奥ですぐ治癒士など手配できるはずもないし、仮にいたとしてもこの大人数では到底間に合わない。

徐々に意識が薄らいでいく中、目の前にやってきたのが雨具のマントを羽織った女性だとわかった。

彼女はアレクシスには気づかず、ぬかるみに両膝を突き、両手を組んで必死に祈りを捧げている。

「偉大なる女神、ヘストレイア様、大聖女、ルーネ様！　どうか今だけでいいです。私にこの方たちを癒やす力をお与えください……！」

彼女がそう叫んだ、次の瞬間。

一際激しい稲妻が走り、その光で彼女の全身が浮かび上がった。

白銀の髪に、菫色の瞳。

顔立ちは違ったものの、アレクシスには一瞬その姿がいやというほど見知ってきた人と重なった。

――大聖女、ルーネ様……⁉

約三百年前に実在した人物とはいえ、本人が今ここにいるはずがないのに、なぜだかアレクシスはそう確信していた。

次の瞬間、突然光の柱が天から降り注ぎ、祈り続ける少女を捉える。

あまりの眩《まぶ》しさにアレクシスも咄嗟に顔を背け、なにが起こったのかわからないうちに、徐々に光の暴走が収まってきた。

ふと気づくと、あれほど重傷だった怪我がまったく痛まないので、胸許を探ってみる。

着ていた服は無残に破れ、血と泥で汚れていたが、大量に出血していた傷は跡形もなかった。

「うう……っ」

「……いったい、なにが起きたんだ……？」

すると、アレクシスと同じく負傷し、あちこちで倒れ伏していた部下たちが立ち上がり始めた。

「おい……怪我が、治ってるぞ⁉」

「俺もだ！　足が折れてたのに！」

驚きの声を上げる部下たちをよそに、祈り続けていた少女はまるで操り人形の糸が切れたように、ふらりとよろめき、そのまま倒れてしまった。

「おい、しっかりしろ！　大丈夫か⁉」

アレクシスが慌てて駆け寄って抱き起こすが、少女は気を失っていた。

「で、殿下、この近くに村の治療院があるようです！」

地図で位置を確認していた部下が、そう叫ぶ。

「よし、すぐそこへ向かうぞ！　皆、怪我の状況を報告しろ」

意識のない少女を抱き上げ、アレクシスは歩き出す。

その後彼女が、特級はおろか、一番下の階級である初級治癒士になったばかりの新人だと知り、アレクシスはさらに驚かされたのだった。

第二章

理由《わけ》あって、社交界デビューすることになりました

「僕の側近のセスだ。僕が掴まらない時は、彼に伝言を頼むといい」

「セスと申します。以後お見知りおきのほどを」

アレクシスに紹介された青年は、彼と同じくらいの年代だろうか。長い黒髪を後ろで一つに結び、モノクル眼鏡をかけた美青年だが、にこりともしない塩対応だ。

「は、初めまして、ルルカと申します。よろしくお願いしますっ」

その無言の迫力に威圧されたルルカが、ぺこりと一礼するとアレクシスが苦笑する。

「うちの側近は、僕が黙ってきみを婚約者に指名して以来、相当なおかんむりなんだ。いい加減に機嫌を直してほしいものだね」

「……お言葉ですが、殿下。ご自分で犯人捜しをするなど、危険すぎます。今からでも遅くはありませんので、どうかお考え直しを」

「そうは言っても、このままじゃ僕は一生安心して結婚できないじゃないか」

と、アレクシスとセスがモメ始めたので、ルルカは内心ため息をつく。

社交界デビュー準備の真っ最中、『正式に契約を交わそう』とアレクシスに呼び出され、渋々『今世では』初めて王宮へ足を踏み入れた。

前世では敷地面積ももっと狭くこぢんまりとしていたが、現在では多くの離宮や貴族たちの館も建てられ、王宮は一つの街のように広大だった。

さすがに三百年も経っているので、宮殿自体も新しく建て直されていたし、当時とはだいぶ様変わりしていることに驚く。

恐れていた、あの晩のような激しい記憶戻りもなく、とりあえずはほっとしたが、さっさと任務完了して一刻も早く退散したい気持ちに変わりはない。

アレクシスから提示された条件は、こうだ。

彼の前婚約者二人の、病の原因を突き止めること。

裏にいる黒幕が存在する場合は、その正体を突き止めること。

要するに、彼が無事結婚できるようにすれば円満解決ということだ。

契約期間中、ルルカの身が危険に晒されないよう細心の注意を払い、ひそかに警護もつけてくれるらしい。

アレクシスに提示された契約書をよく読み、問題なかったので、ルルカは羽根ペンで署名する。

契約書を確認した後、アレクシスはセスに耳打ちした。

するとセスはルルカを一睨みしてため息をつき、不承不承といった様子で執務室を出ていった。

「契約は一応、きちんとしておかないとね。今、早馬を出した。これで養護院の借金問題は決着がついたよ」

「ありがとうございます。心より感謝申し上げます」

ルルカはアレクシスに向かって、深々と頭を下げる。

「これは契約なんだから、気にすることはない。きみが働き、僕が対価を支払う。だから恩など感じなくていい。きみは速やかに問題解決してくれればいいだけの話だ」

「はい、頑張ります」

「メリッサ夫人の特訓は順調かい？　彼女は礼儀作法となると、見かけによらず厳しいからね」

「……そちらも鋭意努力中です……」

果たして無事社交界デビューできるのか、不安しかない。

「現在きみの居住はサフォール伯爵邸になっているが、今後王宮に出入りすることが増えるので、便宜上こちらにも部屋を用意しておいたよ。自由に使うといい」

と、至れり尽くせりだ。

「いろいろありがとうございます」

アレクシスにお礼を言い、やがて戻ってきたセスに連れられ、ルルカは彼の私室を後にする。

セスはそのまま振り向きもせずさっさと行ってしまうので、ルルカも慌ててついていく。

すると、正面を向いたまま、ルルカを一瞥もせずセスが告げる。

「殿下がなんとおっしゃったかは存じませんが、あの方にもしものことがあった場合、あなたに全責任が課されることはゆめゆめお忘れなきように」

「は、はい……肝に銘じます」

純度の高い拒絶オーラを放たれ、ルルカは思わず首を竦《すく》めるが、ここで引き下がってもいられない。

「殿下に危険が及ぶ時は、私が盾になる覚悟です。それに、私も一日も早く任務を完了させて故郷に戻りたいので、頑張りますっ」

はりきって決意表明すると、セスは「契約内容は伺っております」とそっけなく言う。

「ですが、仮に首尾よく犯人が見つかったとして、あなたはそのまま殿下の婚約者の座を手放すつもりがないのでは？」

そう皮肉られ、そこでようやくセスがなにを警戒しているのかわかって、ルルカは思わず笑ってしまう。

「え、ないです、ないです。私みたいな田舎娘が殿下と本当に婚約できるなんて、夢にも思ってませんし」

どこでどう王子を誑《たぶら》かしたのかは知らないが、平民の小娘が彼に取り入って建前の契約を持ちかけ、そのまま有耶無耶《うやむや》に彼の正妃の座に納まろうとしているのではないか。

セスは、そんな風に疑っているのだ。

「それ、本当に無駄な心配です。側近さんもいろいろそういう心配しなくちゃいけなくて、大変ですね」

思わず同情すると、予想していた反応と違ったのか、セスが押し黙る。

「私も、長く王宮にとどまるつもりはないので、どうか協力してください。よろしくお願いします」

最後にそう念押しし、ルルカは案内された自室へ入りかけ、あっとセスを振り返る。

「あの、今後王宮内での移動なんですけど」

「は？　ご婦人方は皆様馬車で移動されますが？」

「馬車だと頼みにくいので、馬を一頭お借りできますか？」

今後、王宮内をあちこち動き回るのに、いちいち馬車を頼むのも面倒だし、隠密に動かなければならないことも出てくるだろうから、ルルカは最初から自分用の馬を頼むつもりだった。

「……未婚の貴族の女性が乗馬するのは、狩りの時くらいですよ？　だいたい、殿下の婚約者というお立場なのですから……」

「とにかく、よろしくお願いします！」

セスのお説教が長くなりそうだったので、ルルカは早々に自室へ引っ込んだのだった。

こうして、瞬く間に三ヶ月が過ぎ。

「どうしても王宮で暮らすの？　近いんだからここから通えばいいのに」

ルルカを可愛がってくれたメリッサ夫人は寂しいのか、そう嘆いたが、万が一サフォール家の人々に危害が及んではいけないので、ルルカはまめに顔を見せに来ますからと彼女を宥め、いよいよ王宮へ移った。

メリッサの特訓のおかげで、見た目だけは一応貴族の令嬢らしく振る舞えるようになった……気がする。

「すっかり見違えたね」

出迎えてくれたアレクシスも、ルルカの仕上がりには満足げだった。

「綺麗だよ、ルルカ」

既に婚約者の役を演じているのか、ドキリとするような台詞《せりふ》を耳許で囁かれ、かっと頬《ほほ》が上気する。

「……誰もいないのに、まだ演技は必要ないのでは？」

「心外だな、本心から言ったのに。それより王宮でも、身の回りの世話をする侍女を一人つけよう」

「え？　いいです、そんな、自分のことは自分でやりますから」

とんでもない、と辞退しようとするが。

「きみ、ドレスは一人で着られると思っているのかい？　コルセットの後ろの紐《ひも》を自力で締められるとでも？」

「うっ……それは……」

確かに言う通りなので、ぐうの音も出ないルルカだ。

「大人しく言うことを聞くように。大丈夫、きみと出身が近い、気立てのいい子を選んでおいたから」

そう言い置き、アレクシスは行ってしまう。

――私に、気を遣ってくれてるんだ……。

さりげない思いやりに、ルルカは嬉しくなる。

こうして紹介された侍女は、ルルカと同じ年頃の、赤毛で純朴そうな笑顔の可愛らしい娘だった。

「初めまして、ルルカ様。メアリと申します」

「よろしくね、メアリ。知ってると思うけど、私田舎育ちの平民だから、お友達になってもらえると嬉しいわ」

屈託なく挨拶すると、メアリは大きな目を瞬かせる。

「そんな、いけません。侍女と貴族の方々とは、明確な身分差があるのですから」

「それは表向きでしょ？　人目がないところでは問題ないわ」

小声で耳打ちし、ルルカは小さく舌を出す。

するとその表情がおかしかったのか、メアリは笑いを噛み殺していた。

「そんなことおっしゃる方、初めてです」

「堅苦しいのは苦手なの。楽しく暮らしましょうね」

そう言って、ルルカはにっこりした。


そして、いよいよ迎えた、ルルカの社交界デビューの場である、舞踏会当日。

「よし、いい仕上がりだ。馬子《まご》にも衣装だね」

「……まったく褒め言葉には聞こえませんけど、どうも」

実に悪気なく宣《のたま》うアレクシスに、ルルカは半眼状態になる。

なんとかメリッサの厳しい特訓をこなし、お墨つきをいただいたルルカは、彼女が見立てた淡青色のドレスに身を包んでいる。

細かい刺繍《ししゅう》と共に、なんと真珠が無数に縫い付けられた高級品で、それに合わせてアクセサリーも上品な真珠のネックレスに、イヤリングを選んでもらった。

露出度の低い、清楚《せいそ》な雰囲気のそのドレスは、ルルカの髪と瞳の色と合って、とてもよく似合っている。

「……ドレス、めちゃめちゃお高いですよね？　こんな最高級品でなくても……」

「この僕の婚約者に、貧相なドレスを着せられるとでも？」

「……失礼しました。もう言いません」

根っからの庶民であるルルカは、一から十までとにかく費用が気になってしまうのだが、アレクシスにはなにを言っても無駄だとあきらめる。

「きみはなかなかの疑似餌《ぎじえ》になりそうだ。僕の見る目は確かだったな。せいぜいきみを見せびらかして、僕の結婚を阻む勢力を炙《あぶ》り出すとしよう」

「……はぁ」

「なんだ、気のない返事だな。僕の可愛い婚約者様。熱愛中の演技は忘れないでくれよ？」

「……わかってますよ。これはお仕事なので」

ルルカとて、前世からの因縁浅からぬ忌《い》まわしい王宮からは一刻も早く脱出したいし、故郷へ戻りたい。

それにはアレクシスの依頼をこなすしかないのだと、腹を決めた。

「では、参りましょうか。僕の可愛い人」

極上の笑顔で、アレクシスが左肘《ひだりひじ》を差し出してきたので、ルルカはその腕を取り、舞踏会会場へと足を踏み入れた。

「アレクシス殿下の、お出ましです……！」

二人が現れた途端、先触れに居合わせた大勢の貴族たちが一礼する。

王太子である彼が、この舞踏会の主役であることを痛感し、ルルカは思わず膝が震えてくるほど緊張した。

「本日はお忙しいところお集まりいただき、ありがとうございます」

アレクシスがにこやかに主賓として挨拶すると、皆顔を上げる。

大広間にいる全員の視線が肌に突き刺さってきて、その圧に思わず逃げ出したくなった。

だが、それを必死に堪え、ルルカは教えられた通り、優雅な笑顔でアレクシスに寄り添い、歩き続ける。

「まぁ、アレクシス殿下ですわ」

「あれがお噂の、三人目の婚約者様ですの……？」

好奇心と値踏みするような、無遠慮な視線。

それを肌で感じた瞬間、背筋にぞっと悪寒が走る。

忘れもしない、いや、三百年経っても忘れられない、大聖女と呼ばれた前世の際にも、いやというほど浴びてきた視線だった。

――大丈夫、今の私は大聖女なんかじゃなくて、ただの田舎娘なんだから。

そう自分に言い聞かせ、無理やり笑顔を作る。

アレクシスが大広間に入ると、貴族たちが我先にと挨拶へ押し寄せてきた。

「それでは、ご紹介させていただきます」

皆が自分たちに興味津々なので、アレクシスは正面の壇上に立ち、優雅にルルカをエスコートする。

「こちらはサフォール伯爵家ご令嬢の、ルルカ嬢です。この度、私の一目惚れでぜひにと求婚し、婚約したことをここにご報告させていただきます」

堂々と発表され、会場にどよめきが走った。

「まぁ、本当に三人目の婚約者がお決まりになられたのですね」

「お気の毒に……きっとあのご令嬢も……」

「しっ、滅多なことを言うものではありませんわ」

「しかし、三人目の犠牲者になる可能性が高いのは確かだろう?」

興味本位のヒソヒソ話は、当然アレクシスの耳にも届いているはずだが、彼は微塵《みじん》の動揺もなく、極上の笑顔でルルカの細腰を愛おしげに抱き寄せた。

「恥ずかしながら、私はルルカに夢中なのです。最愛の人と結婚できるしあわせを、日々噛み締めているところです」

悪びれもなく言ってのけたアレクシスに、人々はすっかり毒気を抜かれた様子だ。

――す、すごい、この人の演技力……！

ルルカを見つめる、情熱的な視線は愛おしい婚約者に向ける眼差しそのもので、完璧なまでの振る舞いに、ルルカは内心舌を巻く。

と、そこで会場に控えていた楽団が、音楽を奏で出す。

ダンスタイムの始まりらしい。

すると、アレクシスが恭しくルルカに向かって一礼し、右手を差し伸べてきた。

「我が婚約者殿、一曲踊っていただけますか？」

「は、はい」

いよいよ特訓の成果を披露する時が来た、とルルカは緊張しながら彼の手を取る。

ホール中央で踊り出した二人を、周囲は取り巻きながら見守っていた。

何度か練習にも付き合ってもらったが、アレクシスのリードは実に巧みで、まるで羽が生えたかのようにかろやかに踊れる。

「僕たちが会場の注目の的になっているね」

「踊っている間は、ほかの方たちと話さなくていいので助かります……」

まるでお伽噺の王子様と踊っているようで、なんだかドキドキしてしまう。

一曲終わるのはあっという間で、二人が足を止めると周囲の人々が拍手を送ってくれた。

その後、大勢の貴族たちが興味津々で二人に話しかけてくるので、一通り挨拶を終える頃には、ルルカは既にぐったりだった。

「さて、そろそろきみを一人にしてみよう。どんな大物が釣れるか楽しみだ」

「……撒き餌《まえ》をして、獲物が食いつくのを待つんですね」

「大丈夫、いきなりここで刺されたりはしないから。やるなら、事故死に見せかけるだろうからね」

「……なんの救いもない、気休めをありがとうございます」

ルルカがあきれているうちに、アレクシスは非情にもさっさと別の貴族のところへ挨拶に行ってしまった。

気分はまるで、丸腰で敵地に一人置き去りにされた一兵卒だ。

挙動不審《きょどうふしん》にならないように、ひたすら目立たない壁際で立っていると、向こうから数人の取り巻きを引き連れた華やかな一団がやってくる。

——来た……！　殿下の要警戒認定のご令嬢たち……！

と、ルルカは内心緊張した。

今の王宮で、ひそかにアレクシスの次の婚約者の座を狙っていると噂されていたのは、目の前にいる二人の令嬢、マリリアとユーリンだ。

マリリアは、シシリーヌ王家とも縁戚関係にある大貴族、公爵家の令嬢で、十九歳。

身分の高い自分に釣り合うのはアレクシス殿下だけだと自ら吹聴し、「わたくしは不幸や呪いなど信じておりませんわ」と積極的に秋波《しゅうは》を送ってくるらしい。

対するユーリンは、二十四歳の男爵令嬢。

成り上がりの新興貴族なので、財力はあるが実家の身分が低いのを引け目に感じ、なんとかアレクシスと結婚し、実家のために次期王妃の座を物にしたいという野心があるようだ。

事前にアレクシスから説明は受けていたものの、二人がさっそく探りを入れてきたので驚く。

深紅のドレスをまとったマリリアは、黒髪でいかにも気の強そうな美人で、派手な扇で口許を隠しながら話しかけてくる。

「初めまして、ルルカ様……でしたかしら？　失礼、今までサフォール伯爵に娘さんがいらっしゃるなんて、初耳で。もしかして妾筋で、地方に隠されてお育ちになったとか？」

いきなり無遠慮に切り込まれ、ルルカは曖昧《あいまい》な笑顔でひたすら誤魔化すしかない。

「あら、失礼よ。マリリア様。ルルカ様はまだ王宮に慣れていらっしゃらないご様子ですから、優しくしてさしあげましょう」

にこにこと優しい笑顔のユーリンが、二人の間に割って入ってくる。

一見優しげではあるものの、マリリアより世間慣れしているユーリンの方が、よほど強敵だとルルカは察知する。

すると、そこで。

「国王陛下の、お出ましです……！」

侍従の先触れに、会場が一瞬にして静まり、大階段に皆の視線が集中した。

舞踏会が盛況になってきた中盤で登場したのは、現国王夫妻だ。

──あれがアレクシス殿下のご両親……。

現国王セシルフィードは金髪碧眼の美丈夫《びじょうふ》で、四十代後半くらいの年齢だが、壮健で若々しい外見だ。

七年ほど前に即位して以来、その知能と温厚な人柄で周辺各国との外交をうまくこなし、王国の平和を保っている穏健派らしい。

──確か、先代の国王が評判悪かったよね……？

サダス二世、つまりアレクシスの祖父にあたる人物だが、戦争で領土を広げたがる武闘派で、かなりやりたい放題の破天荒な人物だったようだ。

思うまま傍若無人《ぼうじゃくぶじん》な振る舞いと、他国への侵略を推進していた前国王だったが、酒好きで多量の飲酒が祟《たた》り、五十歳を前に急逝《きゅうせい》してしまったらしい。

まさに突然の不幸だったが、そのおかげで戦争も回避でき、内心安堵した者も多かったのではないかとルルカは思う。

前国王の嫡子《ちゃくし》であるセシルフィードは、父親を反面教師にし、和平で国を治めようとしている人物なので、国民からの信頼も厚かった。

その噂は辺境の地まで届いていて、ルルカは憧れの国王を見つめる。

まさか、直に国王と拝謁できる日が来るなんて、まるで夢のようだ。

思わず見とれていると、いつのまに戻ってきたのか、ちゃっかり隣にいたアレクシスがぼそりと呟く。

「その反応、複雑だな。僕に初めて会った時より、憧れの人に会った感がすごいんだけど？」

「そ、そんなこと……っ。陛下は辺境の私の故郷でも名君として有名なので、直にお目にかかれるなんて思わなかっただけです」

小声で言い訳しているうちに、周囲の貴族たちへ笑顔で挨拶を交わしながら、国王夫妻がアレクシスたちの許へやってきた。

緊張しつつ、ルルカはあらかじめ教えられた通りドレスの裾を引き、頭《こうべ》を垂れて会釈する。

「お久しぶりです、父上」

「せっかく婚約者を紹介してくれるというのに、今まで時間が取れなくてすまなかったな、アレクシス」

多忙な国王は、先日国外視察から戻ったばかりらしい。

「とんでもありません。父上のご多忙ぶりは皆存じておりますから。では、あらためてご紹介させていただきます。こちらが私の婚約者、ルルカ嬢です」

「初めまして、ルルカと申します。お目にかかれて光栄です」

教えられた作法通り、挨拶するルルカを、国王は優しい眼差しで見つめる。

「遠路よりの長旅は大変だったであろう。ゆっくり休んでから王宮での暮らしに慣れるといい。いやはや、めでたい。アレクシスが初めて自ら望んだ女性に会えるとは、大歓迎だ」

国王は『我が子が惚れた相手』を連れてきたことに大喜びらしく、終始上機嫌だ。

アレクシスは、どうやら父親にも今回の件を隠すつもりのようだ。

――もし偽装婚約だってバレたら、私どんな罪になるんだろう……？

敬愛する国王まで欺《あざむ》いているルルカは、内心罪悪感に押し潰されそうだった。

すると、それまで無言だった王妃が、扇で口許を隠しながらぼそりと呟く。

「平民の娘を伯爵家の養女にしてまで妻に迎えるなんて……シシリーヌ王室の権威を失墜させる行為ですこと。平民出身の次期王妃だなんて、まさに前代未聞ですわ」

それは確実にアレクシスの耳にも届いていたはずだったが、彼は顔色一つ変えない。

「あなたも、身の程をわきまえるべきではなくて？」

王妃に冷たい視線を注がれ、ルルカがたじろいだ、その時。

さりげなく彼女の前に庇うように立ち、アレクシスが告げる。

「私は生涯、側室を持つつもりはありません。妻にするのは彼女だけです」

きっぱりとそう言い切ると、なぜか国王はバツが悪そうに動揺し始めた。

「こ、これ、王妃。めでたい祝いの日に水を差すでない。アレクシスが選んだ相手なら、私は歓迎しよう」

「陛下っ！」

「二人とも、今日は楽しんでいくがよい」

「はい、ありがとうございます」

まだ皮肉を言い足りない様子の王妃を連れ、国王がほかの貴族たちの挨拶を受け始めると、アレクシスは涼しい顔でルルカを連れてその場を離れる。

「やれやれ、これで顔合わせも済ませた。お疲れさま」

「い、いえ……」

――殿下とお母様って、あんまりうまくいってないのかな……？

そう思ったが、家族間の私的なことなので、さすがに聞けなかった。

と、その時。

「やぁ、間に合ってよかった。久しぶりだな、アレクシス」

会場に響き渡るような声量と共に、大柄で筋肉質な体格の青年がこちらへやってくる。

「遅いぞ、ガイル」

それを迎えたアレクシスは、彼とがっちり再会の抱擁を交わした。

それだけで、彼らがかなり親しい間柄だとわかる。

「紹介しよう。僕の親友であり、サフォール公のご子息、つまりきみにとっては義理の兄となるガイルだ」

「え、サフォール公の……？」

メリッサから、王立騎士団長を務める息子がいるという話は聞いていたが、ずっと魔獣討伐の長期遠征に出かけていると聞いていたので、まさかここで会えるとは思っていなかった。

「初めまして、サフォール公とメリッサ様には大変お世話になっております、ルルカと申します」

慌ててドレスの裾を引き、挨拶すると、「そんな堅苦しい挨拶は抜きにして、もっとよく顔を見せてくれ、妹殿」と促されたので、ルルカは顔を上げる。

「この年になって、急に妹ができるとは思わなかったが、両親はきみのことをとても気に入っているようで、妹を可愛がるようにと何度も手紙をもらったよ。この通り、ガサツな兄だが、これからよろしく頼む」

「こ、こちらこそ、よろしくお願いしますっ」

と、その時、アレクシスが挨拶の順番を待っていた貴族たちに呼ばれる。

「僕が不在の間、兄妹の親交を深めておきたまえ。ガイル、僕の悪口は吹き込むなよ？」

「はは、わかってる」

軽口を叩いたアレクシスが行ってしまうと、ガイルは改めてルルカをじっと見つめた。

「親愛の意味を込めて、ルルカと呼ばせてもらっていいか？」

「は、はい。もちろんです」

「きみも俺のことは、兄上と呼んでくれ。いや、これは参った。なかなか照れくさいものだな」

見た目通り、豪放磊落《ごうほうらいらく》な性格なのか、ガイルがガハハと笑う。

なんだかアレクシスと親友というのが不思議なくらい正反対に見える二人だが、案外その方がうまくいくのかもしれないな、とルルカは思う。

「いや、今回の突然の婚約には俺も驚いているんだ。王族にとっての結婚は、利害関係が一番で愛情など二の次だ。相手は誰でも同じだと公言していたあのアレクシスが、うちの養女にしてまで結婚したい相手と巡り会えるなんて、これほど嬉しいことはない」

「いえ……それは……」

まさか偽装婚約だなんて言えないルルカは、内心冷や汗を掻く。

——騙《だま》してごめんなさい、お兄様。

でもきっと、アレクシスが結婚できるように問題を解決しますから、どうか許してください、と心の中でガイルと人のよいサフォール公夫妻に詫《わ》びる。

そんな話をしていると、要領よく挨拶を切り上げたのか、アレクシスが戻ってきた。

「それで、どうなんだ？　妖魔の森の様子は」

「よくないな。聖女たちが交代で頑張ってくれてはいるが、綻《ほころ》びは徐々に広がってきている。このままでは時間の問題だろう」

と、ガイルがらしくなく重いため息をつく。

そして、事情を理解していなそうなルルカの様子に、こう解説してくれた。

「……このところ、我が国では各地で魔獣の被害が急増しているんだ。特に妖魔の森周辺がひどくて、討伐隊に甚大《じんだい》な被害が出ている」

「妖魔の森……」

その地名に、内心どくんと鼓動が跳ね上がる。

そこは前世の自分が今も聖晶石《せいしょうせき》と化して浄化を続けている場所だ。

ということは、あの封印が解けかかっているのか……？

「実は大聖女様の聖晶石の欠けた部分から入ったヒビが次第に広がって、浄化の力が弱まってきている。それから魔獣たちの被害が急増したので、間違いないだろう。王宮内でも、騒ぎになり始めているところなんだ」

と、アレクシスが補足する。

「え……⁉」

アレクシスの解説によると、彼の祖父、すなわち前国王サダス二世の悪評を決定的なものにしたのは、伝説の大聖女ルーネがその身を犠牲にして封印した聖晶石の一部を採掘し、王宮の大聖堂に祀《まつ》ったことらしい。

大聖女のご加護を王宮にもたらすためだというのが理由だったらしいが、不敬だと国内ではかなり非難の声が上がった。

が、結局割ってしまった石は元には戻らないので、聖晶石の一部は今もそのまま王宮内にある大聖堂に祀られているようだ。

「この三百年、我が国の魔獣の被害がほとんどなかったのも、大聖女様がその身を挺《てい》した命がけの浄化のおかげだったのに……お祖父様はなんと愚かなことをなさったのだ……」

やはりサダス二世が、聖晶石となった大聖女の一部を王宮に持ち帰るために、瑕《きず》をつけた部分から浄化の力が弱まり始めてしまったらしい。

ガイルの報告によると、その綻びから妖魔の森の瘴気が増しているせいで、それに呼び寄せられた小物の魔獣たちが集まってきて、近隣の街に被害が急増しているとのことだった。

「今この王国には大聖女様に匹敵する方がいらっしゃらないので、聖女たちを交代で送ってなんとか綻びを塞《ふさ》いでいる状態だが、日々それが大きくなっていって、王立騎士団の討伐隊の被害が増している状況なんだ」

「そうなんですか……大変ですね」

「もっと聖女と警備兵を増やすよう、上に報告するつもりだ」

「……そうだな」

「それで……今回、王立騎士団にもかなり被害が出てな。俺のところの副隊長が強毒持ちの魔獣に噛まれて、重傷なんだ。今王立治療院で見てもらっているが、なんでも新種の毒らしくて、聖女と特級治癒士が治癒魔法をかけてもあまり効果がないらしい」

「そうか……気の毒だが、一度で効かないなら、何度も繰り返し時間をかけて治療していくしかないな」

「ああ……将来有望な奴なんだ。元通り、騎士団に戻れるといいんだが」

二人の深刻そうな表情に、ルルカは胸が押し潰されそうになる。

もしかしたら。

今の自分なら、その副隊長を治癒できるのではないだろうか？

一瞬そう考えてしまい、慌ててそれを振り払う。

もし名乗りを上げてしまったら、また三百年前と同じ悲惨な末路を辿《たど》ることになる。

前世と同じく、搾取され続ける人生の始まりだ。

もう同じ轍《てつ》を踏《ふ》むのはまっぴらなのだから、このまま、そ知らぬふりを続ければいい。

それで万事、丸く収まるのだから。

必死にそう自分に言い聞かせたが、このまま見て見ぬふりをすることもできないのがルルカのお人好《ひとよ》しなところなのだ。


——来ちゃった……。


翌日。

結局、ルルカは王宮内にある王立治療院の前にいた。

目立たないよう、故郷から持ってきた治癒士の制服をまとい、一人こっそり馬で向かったのだが、やや方向音痴の気があるルルカは、王宮内でさんざん迷った末、ようやく念願の王立治療院へと辿り着いたのだ。

セスからはさんざん嫌みを言われたが、アレクシスからルルカの要望にはすべて応えるよう言われているらしく、渋々馬を用意してくれた。

現世で馬には触れたことすらなかったが、前世では度々前線で騎士たちを治癒するために従軍していたので、乗馬はかなりの腕前だった。

ルルカに与えられた馬は栗毛のまだ若い雄で、元気いっぱいだ。

その脚力でアレクシスがつけてくれた護衛の兵士は途中で撒いてきたが、今後彼らがいると自由に動けないのでなんとかしなければと考える。

――ここが、王立治療院……。

故郷の村の小さな治療院とは天と地ほどの差があり、一瞬城かと見紛う、それは広大で立派な建物が目の前にそびえ立っている。

王国内最高レベルの治癒士と医術士、それに聖女たちが所属する、選りすぐりの精鋭で固められている治療院だ。

その噂は地方まで届き、治癒士たちはいつか王立治療院で働くことを夢見る者が多い。

むろん、ルルカにもひそかな憧れはあったものの、成人前の実力では夢のまた夢だったので、こうして実際の建物を目のあたりにできただけでも感慨深かった。

すると、そこへ数台の馬車が到着し、治療院の中から次々と治癒士たちが飛び出してくる。

「急げ！　出血がひどい！」

「早く担架を……！」

怪我人を運ぶ巨大な馬車から、次々と包帯を巻いた騎士らが担架で運び込まれていく。

もしや、彼らが討伐から戻った騎士団なのだろうかと不安げに見守っていると、ややあって二十代前半くらいの若い女性治癒士がルルカに気づき、声をかけてくる。

「あの、なにかご用でしょうか？」

王立治療院所属の治癒士の制服の胸許には、特級治癒士を表す鮮やかな深紅の文様が刻まれたバッジが光っていた。

前世の自分はその特級を遙《はる》かにしのぐ実力で、唯一大聖女の称号を賜《たまわ》ることになったが、それ以降同じレベルの治癒士は三百年経った今でも出現していないようだ。

それらの知識は、王宮内にある図書館で調べて把握してきた。

王立治療院は、『上級』以上の治癒士たちで構成されているらしい。

――この人、まだ若いのにもう特級なのね……すごい。

今までの自分なら、口を利いてもらうことすら憚《はばか》られるほどの階級の差なので、ルルカはつい挙動不審になってしまう。

「あ、いえ、すみません、大変な時に。たまたま通りかかっただけで」

そう詫びると、ナタリアと名乗った特級治癒士はルルカに微笑んだ。

「もしかして、アレクシス殿下の婚約者の、ルルカ様……ですか？　先日の舞踏会でお見かけしました」

「は、はい、そうです……」

「やっぱり。ルルカ様も治癒士の資格をお持ちだと伺い、勝手に親近感を抱いて、ついお声をかけてしまいました。馴れ馴れしくて申し訳ありません」

栗毛に深緑色の瞳を持つナタリアは凜《りん》とした雰囲気の女性で、一見気位が高そうに思えるが実は気さくな性格らしく、初対面のルルカにも屈託なく話しかけてくる。

聞けば、彼女も伯爵家の出で、サフォール伯爵とは遠い縁戚にあたるらしく、そういった意味でもルルカに親しみを感じてくれているようだ。

「い、いいえ、私は初級なので、とてもこの王立治療院で働かれている方々の足許にも及びません」

「あら、これから昇級する可能性はあるんですから、そんなにご自分を卑下《ひげ》なさらないで。でも、殿下とご結婚されたら次期王妃としてのご公務があるので、治癒士として働くのは難しいですよね」

「は、はあ……」

まさか偽物なんで大丈夫ですとも言えず、曖昧に笑って誤魔化すしかない。

「アレクシス殿下は、とても先見の明のある方で、かなりお若い頃から治癒士の育成にとても力を入れてらっしゃるんですよ」

「殿下が……？」

聞くところによると、王都には元から治癒士育成学校があったのだが、地方の人々のためにと各地域に同規模の育成学校を設立したのは、まだ年若かったアレクシスらしい。

「殿下のおかげで、各地方で見つけ出された優秀な治癒士たちが次々育成され、過去例を見ないほど数多くの特級治癒士や聖女たちが誕生しました。それまでは王立治療院でほぼ独占状態だった彼らを、地方にも派遣してくださったことで、地方での致死率は目に見えて下がっているんです。本当に殿下は素晴らしいお方ですわ」

ナタリアはアレクシスに好感を持っているらしく、そんな話を聞かせてくれた。

と、そこへ再び慌ただしく馬車が到着し、また数人の怪我人が運び込まれてくるのが見える。

「あの、なにかあったんですか？　さきほども王立騎士団の方々が運び込まれていたようですが」

いいきっかけだったのでさりげなく問うと、ナタリアの表情が曇った。

「妖魔の森に遠征で出ていた騎士団が戻ってきたのですが……被害がひどいんです。中には複雑な毒を受けて、一度では治癒できない方もいらして……」

ガイルの部下のことだ、と察しがつき、ルルカはこの機を逃さなかった。

「図々しいお願いですが、これまで特級の方のお仕事ぶりを目近《めぢか》で拝見させていただく機会などなかったので、遠くからでかまいません。治療を見せていただけませんか……？」

必死でそう訴えると、ナタリアは少し困った様子だったが、「それじゃ、見学ということで私のそばで治療を見るだけでしたら」と了承してくれた。

なんとか第一関門突破だ。

彼女に連れられ、ルルカは初めて王立治療院内へ足を踏み入れる。

ナタリアの言う通り、騎士団一行が戻ってきたばかりのせいか、院内は若い男性患者で溢《あふ》れていた。

軽傷の者は治癒士たちがその場で治療し、重傷の者は入院病棟に分けられているようだ。

ナタリアに連れられて二階にある入院病棟へ向かい、奥の一室へ入ると、そこには二十代半ばの青年が寝台に横たわっていた。

どうやら彼が、ガイルの部下の副隊長のようだ。

「う……ううっ……」

治療着から出ていた左腕には、治療した後もまだ痛々しく残っている傷痕と、毒特有の紫色の斑《まだら》な模様が浮き出している。

高熱も出ているのか、ひどく苦しそうだ。

「気をしっかり持ってくださいね。大丈夫、解毒剤も効いてくると思いますから、頑張って」

青年を励ましながら、ナタリアは患部に両手を翳し、治癒魔法の詠唱を始める。

特級治癒士だけあって、彼女の治癒魔法はかなり強力なのがわかったが、それでも彼の体内にある毒にはあまり効果がないようだ。

なので、ルルカはナタリアに気づかれないよう、少し離れた彼女の背後から無詠唱で治癒魔法をこっそりかけることにした。

――お願い、どうかこの方の体内の毒を浄化して……っ！

必死に祈り、魔力を集中的に患部へ照射する。

すると。

「……あれ……？」

さきほどまで苦しみに呻いていた青年が、まるで憑《つ》きものが落ちたように寝台の上でむくりと上体を起こした。

「駄目ですよ、横になっていないと……」

「でも、急にすごく身体が楽になって」

不思議そうな青年がそう主張するので、ナタリアが慌てて熱を測ってみる。

「……熱が下がってるわ……あんなに高熱だったのに」

「腕も見てください、ほら！」

青年が左腕を上げてみせると、毒で紫色に変色していた痕が見る見る引いていき、残っていた傷痕まで綺麗に消えてしまった。

「すごい！　さすがは特級治癒士ですね。助けていただいて本当にありがとうございます」

「え、ええ……」

すっかり回復した青年は報告があるから、と寝台を下り、重ねてナタリアに礼を言うとさっさと行ってしまった。

「……おかしいわ。あれだけ何度も治癒魔法をかけても、ほとんど効果がなかったのに……こんなに急に全快するなんて」

残されたナタリアが不審げに呟いたので、まずいと思ったルルカは故意に明るく声をかける。

「きっと何度もかけた治癒魔法の効果がやっと出る時期だったんですよ。本当によかったですね！」

「そ、そうかしら……？」

「見学させていただき、とても勉強になりました。ナタリアさんはお忙しいでしょうから、勝手に少しほかのところも見させていただいていいですか？　治療のお邪魔になることはしないと約束しますから」

特級のナタリアは多忙なのを見越しての提案だったが、案の定次の予定が山積みだったようだ。

「……わかりました。私は次の患者さんを診ますから、なにかあったら声をかけてくださいね」

「はい、ありがとうございます。それと、今は手が足りないでしょうから、私にお手伝いできることがあったら、包帯洗いでも雑用でも、なんでもしますので、手伝ってもよろしいですか？」

「そんな、殿下の婚約者様に下働きなんてさせられません」

その反応は当然だったが、ここで引き下がるわけにはいかず、ルルカは食い下がる。

「初級の私では、ここではほかにお役に立つことはできないので、どうかお願いします……っ」

必死に頭を下げると、根負けしたのかナタリアは下働きの侍女を呼び、ルルカを紹介してくれた。

「無理なお願いを聞いてくださって、ありがとうございます、ナタリアさん」

こうしてナタリアと別れたルルカは、少し見学してから追いつくので、と先に侍女を行かせ、入院病棟の廊下の陰に身を隠すと、意識を集中させた。

そして、ほかの者に気づかれないよう素早く病棟全体に治癒魔法をかける。

その場に居合わせた数十人を一度に治癒する、特級クラスでもできない荒技だが、今のルルカにとっては造作もないことだった。

「あれ……？　傷口が塞がってるぞ⁉」

「俺もだ！　まだ治療受けてないのに⁉」

騎士たちの驚きの声を聞きながら、そそくさと階下に向かい、下働きの侍女を探す。

そうして、そ知らぬ顔で侍女と一緒に包帯の洗濯を手伝ったのだった。

「聞いてくれ、アレク！」

翌日、王宮のテラスでルルカがアレクシスと『仲睦《なかむつ》まじく朝食を摂っている』ところを演じていると、ガイルが飛び込んできた。

「そんなに慌てて、どうしたんだ？」

「どうもこうもあるか！　昨日話した部下だが、なんとあれから特級治癒士にかけてもらった治癒魔法で全快したんだ！　さすがは王立治療院が抱えている治癒士は一流揃《ぞろ》いだな！　本当によかった！」

と、ガイルは大喜びだ。

――よかった。

初めて聞いたふりをしながら、ルルカはほっとする。

これから報告があるから、とアレクシスからの朝食の誘いを断り、ガイルがやってきた時と同様風のように去っていくと、優雅にナプキンで口許を拭い、食事を終わらせたアレクシスが言う。

「昨日、きみもあれから王立治療院にいたようだね」

まさか知られていないとは思っていなかったルルカは、内心ギクリとする。

「え……⁉　ど、どうしてそれを知ってるんですか？」

「僕が用意した護衛を撒いても無駄だよ。きみは今注目の的だからね。目撃情報は多いと思っていた方がいい」

人の悪い笑みを浮かべたアレクシスに揶揄《やゆ》され、今後は動向に気をつけねば、とルルカはひそかに警戒した。


王宮の中心部には、王国一の規模を誇る大聖堂がある。

白亜の瀟洒《しょうしゃ》な建物で、そこでは王宮内でのさまざまな儀式が執り行われているらしい。

アレクシスに聞いたところによれば、手前の礼拝の場は王宮に出入りする者が自由に訪れ、女神ヘストレイアへの祈りを捧げることができるが、最奥に神官と限られたごく一部の人間以外の立ち入りを禁止されている聖域があるらしい。

――あそこに、私の一部がある。

聖域の祭壇には、先王サダス二世が妖魔の沼から強引に持ち帰ったという大聖女の一部である聖晶石の欠片《かけら》が祀られているのだという。

それを目にしたら、自分がどうなってしまうか予測できず、ルルカはいまだ大聖堂には近づけずにいた。

——とにかく、今は情報を集めなくちゃ。

因縁の深い王宮とは一日も早くおさらばし、故郷へ帰るため、大聖堂を避けたルルカはさっそく調査を開始する。

王宮の図書館は、王宮に出入りを許された者は利用できるが、奥の小部屋にあるごく一部の希少な文書が保管されている特別室は、王族か上位貴族しか立ち入りを許されていないらしい。

——そこに、大聖女時代の記録が残されているはず。

三百年前、自分が妖魔の沼を封印し、聖晶石と化した後、伝承はどうなっているのか。ルルカはそれを確かめたかった。

だが、ほかに方法がないので、渋々アレクシスに頼むと、彼は「自分が同行できる時なら」と条件つきで許可してくれた。

「特別室で、なにを調べたいんだ？」

「えっと……大聖女様のことを、調べてみたくて」

やむなくそう答えると、彼はなぜか機嫌がよくなった。

「それはいい心がけだね。大聖女様は王国を救った功労者だ。あの方について学ぶことは、この王国の歴史を学ぶのと同じだ」

「は、はぁ……」

アレクシスの熱量に、少々引いてしまうルルカだ。

とはいえ、王太子の同行者ということで、あっさり特別室へ入ることができたのはありがたい。

ルルカは膨大な書物の中から、大聖女関連の記録を次々と探し出す。

その中に古びた書物を見つけ、懐かしさのあまり手に取った。

忘れもしない、それはルーネであった頃、自身で記した当時の活動日誌だった。

治癒士になってから、いつどこで誰を治療したのか、事細かに記録してあるそれに、夢中になって頁をめくる。

これを書くのにも、ひどく気を遣っていたのを昨日のことのように思い出す。

大聖女となったからには、自分が遺《のこ》すものは後世に語り継がれる可能性が高い。

故に、私的な日記といえども本音を書き記すことなどとてもできなかったのだ。

見覚えのある自身の筆跡を眺め、郷愁に浸っていると。

「これが大聖女ルーネ様だ」

アレクシスが、特別室の奥から巨大な肖像画を運んできた。

銀糸のように艶やかで美しい髪に、菫色の瞳。

聖女の正装である白いローブに身を包んだ、華奢で美しいその女性は、絵の中でひっそりと微笑んでいる。

そのあきらめきった眼差しの奥に虚無を感じ、ルルカは指先が震えてきた。

間違いない、これは前世の自分の姿だった。

「街中の銅像は、ローブのフードを被っていてあまり顔が見えないようになっているからね。美しい方だ。少し、寂しげだけど」

アレクシスが、肖像画を眺めながらそう呟く。

前世の肖像画と共に詳しい特徴として、ルーネには自分の左肩と同じ文様が浮き出ていたこと、同じ銀髪で紫の瞳だったことなどが記録として残されているのを知る。

調べれば調べるほど、やはり自分の記憶とは百八十度違った伝承で、無欲の人、大聖女ルーネは自らの意志で王国のために人生のすべてを捧げた聖人として美化されていた。

そんなことはない。自分は人並みに、自由に人生を謳歌《おうか》したかったのに、王家によってすべて奪われたのだ。

怒りに、頁をめくる指先が震える。

そしてある時の記述に、青薔薇《あおばら》が登場したのに気づき、頁をめくる手を止める。

――そうだ、金の青薔薇を栽培していたんだっけ。

当時のことを、懐かしく思い出す。

青薔薇は三百年前よりこの王国でのみ生殖する希少な品種で、当時から高価な回復薬の原料になる花だったのだが、栽培するのがかなり困難で、なかなか適した土地が見つからないことが問題だった。

あの頃、ルルカ、いやルーネは王宮の外れにある離宮に暮らしていたのだが、その周辺の庭園の土を癒やしの力で改良し、青薔薇を栽培することに成功したのだ。

しかも彼女が栽培した青薔薇には花弁に金粉が振りかけられたような模様があり、普通の青薔薇より数倍効力が高い回復薬を作ることができたのだ。

それは新品種『金の青薔薇』と名づけられ、大聖女の花として珍重されたが、自分の死後は誰もその復活に成功していないらしい。

――そうだ、金の青薔薇を栽培することができれば、品質のいい回復薬が量産できるよね？

もしそれが可能なら、自分が正体を隠したままでも人々の役に立てるかもしれない。

夢中になって、土地の改良部分の記述を読み耽《ふけ》っていると。

「きみ、どうしてそれが読めるの？」

ふいに背後からアレクシスに声をかけられ、内心ギクリとした。

いけないい、彼の存在をすっかり忘れていたと青くなる。

「それは大聖女様ご自身が記された活動日誌だ。シシリーヌ語は基本はそう変わらないが、三百年前に使用されていた当時は古語が交じっていて、普通の人にはかなり読みにくいはずだ。ところがきみは、さきほどから見ているとスイスイと頁をめくっていた。もしかして、シシリーヌ古語が読めるのか？」

――しまった、迂闊だった。

確かに、アレクシスの言う通りだ。

ルルカは必死に言い訳を探す。

「そ、それはですね……そう！　故郷の神官様にシシリーヌ古語を習得された方がいらっしゃったので、その方から学びました」

「ふ～ん」

苦しい言い訳に納得したのか、していないのか、アレクシスはじっとルルカを見つめている。

「大聖女様のことを知りたいのなら、僕が教えようか？」

「え……？　殿下は大聖女様について、詳しいんですか？」

「自分で言うのもなんだが、僕はかなりの信奉者だよ。大聖女様関連の書籍は、すべて暗記レベルで読み込んでいるからね」

思いもよらなかった発言に、ルルカは驚く。

「えっと……私が知りたかったのは、当時金の青薔薇の栽培に成功したのがどこだったのかってことなんです。ご存じの通り、普通の青薔薇でさえ希少種なので、なかなか栽培に適した土地が見つからないことで有名です。もし現代でも金の青薔薇を復活させることができたら、良質な回復薬も量産できますし、皆が助かると思って」

咄嗟に、その場で思いついた言い訳を口にする。

「金の青薔薇か……当時、大聖女様が品種改良に成功し、量産できるようにしてくださったのは有名な話だ。だが、大聖女様が聖晶石となられてからは不思議と栽培できる土地がなく、ごく普通の青薔薇しか育たないらしい。僕は、大聖女様の癒やしの力が付与された土地でしか金の青薔薇は栽培できないのではないかと推察している」

「そ、そうなんですか」

存外アレクシスの考察が的を射ていたので、ルルカは内心冷や汗を掻く。

「いいものを見せてあげよう。ついておいで」

「え……？」

図書館から連れ出され、ルルカは訳もわからないままアレクシスに馬車に乗せられる。

しばらく馬車に揺られ、いったいどこまで行くのだろうと窓の外の景色を確認すると、整然と管理されたきらびやかな建物は徐々に減っていき、次第に木立が目立ってくる。

「ここだよ」

ようやく馬車が停まったのは、王宮の一番外れに位置する、小さな離宮の前だった。

石造りの瀟洒な外観だが、長年放置され続けてきたのだろう、壁全体に蔦《つた》がはびこって
お化け屋敷のようになっている。
そして、そこに立ち入りできないよう、厳重に周辺が鎖《くさり》で封鎖されていた。
――封鎖された離宮……？
だが、アレクシスは長い足でそれをまたぎ、平然と中へ入ってしまうので、ルルカもド
レスの裾を持ち上げ、なんとか後に続く。
離宮の裏へ回ると、そこには広大な庭園跡があった。
以前はなにか栽培していたようだが、今は干からびた土地が一面に広がっているだけだ。
そこを見た瞬間、ルルカの脳裏に前世の記憶が蘇る。
――ああ、そうだ、ここだった……懐かしい……。
三百年前、王家からこの土地を与えられ、金の青薔薇の栽培に心血を注いだのだ。
だが、それを自分が知っているとおかしいので、ルルカは初めて来たという演技をする。
「……ここは？」
「当時、大聖女様が金の青薔薇を栽培していたとされる庭園だよ。大聖女様が聖晶石にな
られると、その犠牲を悼《いた》むように盛大に咲いていた金の青薔薇たちが一夜にして枯れたと
言われている。それから、この土地は禁忌《きんき》とされ、封印されてきたんだ。今各地で細々と
栽培されているのは、亜種の青薔薇だ。回復薬の原料として使われてはいるが、大聖女様

が育てた本物と比べると格段に効果が下がるらしい」

「……」

そうだったのか。

自分が死んだ後のことは知らなかったので、ルルカは丹精して育てた金の青薔薇の末路を聞いて胸が痛んだ。

話しながら庭園跡を歩いていると、さきほどの離宮に目が留まる。

「あの離宮は……？　誰も住まわれていないんですか？」

なにげなくそう問うと、アレクシスは一瞬沈黙した後、「中を見るかい？」と尋ねた。

「いいんですか？」

返事をする前に、アレクシスが離宮に入っていってしまうので、ルルカも急いで後をついていく。

もう長い間人が住んでいないのか、家具や調度品には白い布が被せられ、ひどく埃《ほこり》っぽい。

「……ここは、現国王、つまり僕の父上の第二妃が住んでいた離宮だよ」

王宮内には、国王の愛妾用にいくつかの離宮が用意されている。

前国王は女好きで、なんと第八妃までいたらしいので、離宮が足りないと噂されるほどだったらしいが、現国王の愛妾は一人、つまり第二妃だけだと聞いていた。

噂では、とうの昔に亡くなっているらしいが。

小ホールにある階段前には、巨大な肖像画が飾られている。

そこには二十代半ばと思しき、金髪碧眼の美しい女性が描かれていた。

――この方、殿下に似てるような……？

その涼やかな双眸《そうぼう》に高い鼻梁がそっくりだと、考えていると。

「ここに暮らしていたのは、父上の第二妃のエリーサ様。僕の実の母上だ。もっとも、僕を産んでまもなく亡くなってしまったから、その座にいた期間は短かったが」

「え……？」

アレクシスが妾腹だとは知らなかったので、ルルカは驚いてしまう。

だが、舞踏会での王妃のよそよそしさを思い出し、だからなのかとようやく合点がいった。

「母上は、元は王宮に勤めていた平民の出でね。父上が王太子だった頃からの恋人だったんだ。父上は母上を正妃にと望んだが、同時期に今の王妃、義母上との政略結婚話が水面下で勝手に進められていたらしい。義母上は大貴族出身の家柄で、当然正妃でなければ彼女の身分とプライドが許さない。父上は、きみと同じように貴族の養女にしてなんとか母を正妃にしようとしたが、周囲からの圧力で結局正妃は今の義母上に決定し、母上は愛妾になるしかなかった」

「……そうだったんですか」

「義母上が反対しても、父上がきみとのことを歓迎してくれたのは、自分の時はなし得なかったことを僕たちにしてほしいのかもしれないな」

ぽつりと、アレクシスが独り言のように呟く。

現国王は、身分差に屈し、愛する人を第二妃に甘んじさせた過去を後悔しているのだろう。

予想外に平民である自分とアレクシスの婚約を一切反対もせず祝福してくれた王の気持ちが、ルルカは少しだけわかったような気がした。

「ここは当時金の青薔薇園があったとされている場所なんだが、聖域だけにずっと放置されていて、母上の輿入れ時にようやくこの離宮が建てられたんだ」

アレクシスの解説によると、この辺りは王宮の外れにあたる場所で宮殿にかなり遠くて不便なので、皆住みたがらなかったのだという。

「だが母上は、自分にはここで充分だと、父上に離宮を建ててもらったらしい。なるべく王妃の視界に入らないようにと、気を遣ったんだろうね」

第二妃として迎えられたエリーサは、数人の侍女のみとこの場所で静かに暮らしていたようだ。

ルルカは、改めて肖像画を見上げる。

「とても、お美しい方だったんですね。殿下はお母様似ですね。目許がそっくり」

「父上にもよく言われるよ」

だが、王妃にとっては、国王の心を捕らえたまま、若くして亡くなったエリーサは死してなお永遠の恋敵だ。

その彼女に瓜二つのアレクシスに当たりが強い理由が、なんとなく察しがついた。

「当時は今よりさらに厳格な身分制社会だったから、母上は相当苦労したと思う。父上は子ができにくい体質らしくてね。王妃も母上も、なかなか子が授からなかったようだ。だが、数年して母上は僕を身籠《みご》もった。元々身体の弱い人だったらしくて、医術士からは命がけの出産になると宣言され、父上は子をあきらめるよう説得したが、母上は聞かなかったらしい。そうして、自分の命と引き換えに僕を産んで……まもなく亡くなった」

「殿下……」

つらい話をさせてしまった、とルルカは狼狽《ろうばい》したが、アレクシスはふと微笑む。

「生きてさえいてくれたら、王太子を産んだ功績で、母上は王宮で大いなる権力を得ることができたはずなのに、それを味わわせてあげられなくて残念だよ。もっとも、そんなことを望むような人ではなかったみたいだけどね」

「……殿下が成長されて、お母様もきっと天国で喜んでらっしゃると思います」

「そうかな？　死神王子なんて渾名をつけられているのに？」

と、アレクシスが笑う。

「おかしいな。今まで母上の話は誰にもしたことがなかったのに。きみの暢気《のんき》そうな顔を見ていたら、つい口が軽くなってしまった」

「なんですか、それ、ひどい！」

憤慨してみせると、アレクシスがいつもの様子に戻ったので、ルルカは内心ほっとする。

「殿下」

「ん？」

「私、駄目元で、ここで金の青薔薇栽培に挑戦してみたいです」

そう申し出ると、アレクシスが瞠目《どうもく》する。

「失敗したとしても……っていうか、失敗する確率の方が高いとは思いますけど、普通の青薔薇が育つし、損はないのでは？　もちろん釣り餌の婚約者としてのお仕事はちゃんとします。その合間に開墾するってことなんですけど……駄目でしょうか？」

「こんな荒れ果てた土地を、たった一人で？　本気なのか？」

「はい。あ、もちろん殿下がおいやでなければ、ですけど」

母親の思い出が残っている離宮を他人に荒らされたくはないだろう、と気遣うと、アレクシスは少し考え、口を開く。

「……きみがそうしたいなら、好きにしていいよ。この離宮に滞在できる部屋を整えさせよう。ここは王宮から遠くて不便だから、王宮内の私室もそのままにしておいて、どちらも自由に使うといい」

やけにあっさり許可してくれたな、というのは少々気になったが、それよりルルカはまた青薔薇を栽培できるのが嬉しかった。

たとえ金模様がなくても、自分の癒やしの加護がない土地でも栽培できるように品種改良を加えれば、故郷でのいい産業にもなる。

「あのですね、もしも、ですよ？　もし成功したら、私の故郷でも青薔薇を栽培してもいいですか？」

そう質問すると、「きみはちゃっかりしているね」とアレクシスに笑われてしまう。

「もちろんだ。僕が許可しよう」

「ありがとうございます！」

こうして言質《げんち》を取ったルルカは、アレクシスの呼び出しがない時は離宮にこもり、金の青薔薇栽培に取りかかった。

人目がないのを見計らい、三百年前と同じように土壌と種に癒やしの加護をかけ、栽培を始める。

青薔薇の種も、水やりなどの世話をしてくれる庭師数人もアレクシスが手配してくれたので、大いに助かった。

小さな芽が出た時には嬉しくて、青薔薇の成長がルルカの一番の楽しみになった。

「殿下の婚約者というお立場なのに、こんな寂《さび》れた離宮で土いじりに没頭するなんて、どうかしていると思いますがね」

時折監視のためか、セスがわざわざ皮肉を言いにやってきたが、ルルカは「あはは、いろいろボロが出そうなので、あまり人前にいない方がいいかと思いまして」と笑って誤魔化す。

――とはいえ、こっちにばかり時間をかけてはいられないんだけど。

アレクシスとセスの目を避け、離宮に引きこもったのは、金の青薔薇栽培のためだけではなく、彼らに知られず隠密に行動するためでもある。

育成にある程度目処《めど》がつくと、水やりや世話は庭師たちに任せ、ルルカは王立治療院も度々訪れるようにした。

ナタリアとはすっかり顔見知りになり、彼女の補佐や下働きを手伝い、少しでも役に立てるよう頑張った。

だが、次々と運び込まれてくる怪我人たちを見ていると、大聖女としての力に目覚めながら、自分の身勝手でそれを一生隠し通そうとしていることに、日に日に罪悪感のようなものが強くなっていく。

三百年前と同じ轍は踏みたくはないが、かといってこの力を使わず、魔獣討伐で苦しむ兵士たちを見て見ぬふりをするのは心苦しい。

「殿下、お願いがあるのですが」

意を決し、ルルカはそう切り出す。

今日は王宮のサロンで、午後のお茶を楽しむ仲睦まじい姿を見せるため、演技中だ。

「なんでも言ってごらん。可愛いきみのお願いなら、なんでも叶えてあげる」

「……二人だけの時は、そういうの必要ないんで控えていただけます？」

歯の浮くような台詞に、眉間《みけん》に縦皺《たてじわ》が出現しかけるのを必死に我慢する。

「先日、王立治療院は大変な状況だと伺いました。初級の私ではなんの役にも立たないかもしれませんが、実はときどき、お邪魔してお手伝いさせていただいてるんです」

思い切ってそう打ち明けると、アレクシスは「知ってたよ」と事もなげに告げる。

「え……？」

「この王宮で、僕に知られず行動できると思ったの？」

護衛は撒いていたつもりだったが、やはり自分には見張りがつけられているらしい。

「……でも、それじゃ今まで黙認してたってことは、手伝ってもいいってことですよね？

では、改めて許可をいただけますか？」

人前で癒やしの力を使うのは危険が伴うが、裏方として出入りしてこっそりやるなら目立つことはないだろう。

考えた末の苦肉の策だった。

すると、優雅に紅茶を嗜《たしな》んでいたアレクシスが、高級カップをソーサーに戻す。

「青薔薇栽培といい、きみはよほど僕の婚約者でいる時間を短くしたいとみえる」

「そ、そういう訳じゃ……」

まずい。

青薔薇栽培を許してもらったばかりなのに、図々しかったか、とルルカは冷や汗を掻きながら必死に弁明する。

「契約のお仕事には支障ないようにしますから、どうかお願いします」

深々と頭を下げるルルカを、紅茶のカップを手にしたアレクシスはじっと見つめている。

「妖魔の沼の綻び対策は今、国内の特級治癒士たちと聖女が総力を挙げているが、崩壊を食い止めるのがやっとの状態だ。魔獣討伐の部隊は怪我が増えていて、今後は治癒士が不足するかもしれない。手助けはありがたいと思うよ。王立治療院には正式に僕から話を通しておこう」

「ありがとうございます……！　皆さんのお邪魔にならないよう引き続き頑張りますっ」

こうしてルルカは、アレクシスの婚約者としての『仕事』がない時は、離宮で青薔薇の様子を見つつ、図書館で薬品関係の書物を漁り、王立治療院で率先して裏方の仕事を手伝い始めた。

一ヶ所にじっとしていないので、アレクシスからは「きみを捕まえるには骨が折れる。僕より忙しいんじゃないか？」などと皮肉を言われる始末だ。

当初、王立治療院の治癒士たちは『王太子の気まぐれで厄介な者を寄越してくれたな』といった反応で、表面上はそつなく対応してくれたが、あきらかに初級治癒士など邪魔でしかないといった空気をひしひしと感じた。

が、ルルカはめげなかった。

王太子の婚約者ともなれば無下にはできず、露骨に邪険にされたりはしなかったものの、自分が足手まといなのは事実だったので、彼らの反応は当然だと己に言い聞かせる。

唯一、すっかり打ち解けていたナタリアだけは優しく接してくれたので、それもありがたかった。

誰にも見られない場所で、こっそり大聖女の力を使って怪我人を治癒し。

せめて皆の足を引っ張らないようにと、ルルカは下働きの者に交じって包帯を洗濯したり、器具の消毒などを率先して行ったりしていた。

離宮へ戻ると、次は治癒士の制服から動きやすい作業服に着替えて薔薇園の手入れに精を出す。

養護院にいた頃から森を駆け回り、畑を手伝ってきたので、土いじりや農作業はお手のものだ。

大聖女にしかできなかった、金の青薔薇を復活させるには王立薬学研究所の助けが必要だ。

力を借りられたら、と最初に頼みに行ったのだが、所長であるホラン伯爵は貴族である身分を鼻にかけた典型的な事なかれ主義者らしく、「はぁ？　金の青薔薇を復活？　素人のあなたがですか？　たとえ殿下の婚約者とはいえ、我々にはそんな無駄な作業を手伝う暇などありませんね」とけんもほろろな対応だった。

——まぁ、しょうがないか。一人の方がなにかと便利だしね。

ある程度予想していた反応だったので、ルルカはアレクシスが手配してくれた庭師たちと作業を続けた。

三百年前、自分が育てた金の青薔薇を、もう一度復活させたい。

それは人々のために使える、貴重な薬材になる。

ルルカは人目がない時を見計らって、庭園に癒やしの魔法をかけ続けた。

土壌さえ当時の状態に戻せば、金の青薔薇を復活させられるかもしれない。

その一心で、薔薇園に入り浸る。

むろん、アレクシスから請け負った『仕事』の合間を縫っての作業だったが、いい息抜きになった。


「お噂はいろいろ、伺いましてよ。ルルカ様」

「噂……？」

その日、ある伯爵令嬢のサロンに招待され、お茶会に参加させられていたルルカは、きょとんとした顔を上げる。

「あら、ご存じなかったんですの？　アレクシス殿下の婚約者ともあろうお方が、寂れた離宮で土いじりばかりしてらっしゃると、もっぱらの評判ですわよ」

「そうそう、それに王立治療院で下働きや薬の開発もなさってらっしゃるとか。さすが元平民の方はお忙しくていらっしゃるのね」

「わたくしたちとは違って、勤勉でいらっしゃること」

マリリアの言葉で、サロンに令嬢たちの意地の悪いクスクス笑いが響く。

王太子の婚約者となったルルカへの、令嬢たちからの洗礼だ。

今日はお茶の時間中ずっと、この調子でチクチクやられるらしい。

だが、ルルカはひどく懐かしさを感じていた。

前世でも、地方領主の娘だったルーネが大聖女の称号を受け、初めて王宮の舞踏会に参加した時のことを思い出す。

あの時も、なんとかしてその恩恵に与ろうとする貴族たちが、野心を隠した笑顔で擦り寄ってきた。

兄たちばかりを溺愛《できあい》し、ルーネのことなど少しも顧《かえり》みなかった両親は、彼女が大聖女となった途端我が物顔で王宮に乗り込み、娘の自慢を始めた。

誰も彼も、ルーネを利用し、搾取することしか考えていなかった。

ルーネにとって、王宮はまさに伏魔殿《ふくまでん》だったのだ。

初めは、大聖女として尊敬を受け、憧れの眼差しを向けられることが多かった。

だが、絶大な魔力とその実力が知られるにつれ、次第に人々の眼差しには畏怖《いふ》が表れ、いつしか人として見られなくなったような気がする。

――あの頃に比べたら、こんなのなんてことないよね。

世間知らずの令嬢たちの虐めなど、三百年前の地獄を経験してきたルルカにとって、耳許をくすぐるそよ風に等しい。

思わず微笑むと、マリリアたちが鼻白《はなじろ》むのがわかった。

「な、なにを笑っていらっしゃるのかしら？」

「気味の悪い方ね……」

扇子の陰で、ヒソヒソ話が始まる。

「それに、やけに堂々としていらっしゃるのね。確か平民の田舎娘を急ごしらえで伯爵家の養女にしたと聞きましたけれど……」

その割に、貴族令嬢としての礼儀作法が完璧なルルカに、令嬢たちはややたじろいでいる。

世間知らずな彼女らを懐柔するなど、前世の記憶を取り戻したルルカにとっては赤子の手を捻《ひね》るようなものだ。

そして彼女らへの対策は、既に考えてあった。

第三章

転生聖女は過労死寸前レベルで多忙です

こうして、王宮での日々は瞬く間に過ぎていく。

が、いくらアレクシスと仲睦まじい演技をあちこちで披露し続けても、一向にルルカの身に異変が起きることもなく、刺客《しかく》が襲ってくることもなかった。

「おかしいな。そろそろ敵からなんらかの動きがあってもおかしくない頃なんだが」

アレクシスも予想外の展開らしく、首を捻っている。

青薔薇栽培と王立治療院の手伝いで多忙を極めているルルカだったが、契約を遂行せねば故郷に帰れないので、そろそろこちらの案件にも本腰を入れなければと覚悟する。

「……このままでは埒《らち》があかないので、前婚約者お二人とお会いして、いろいろお話を伺いたいんですけど」

そう申し出ると、アレクシスは優雅な所作でティーカップをソーサーへ戻す。

「僕はかまわないが、現婚約者のきみが彼女らに会うのは、なかなか勇気がいるんじゃないのかい？」

「それは……そうなんですが」

確かに、婚約破棄になってしまった彼女らに現婚約者の自分が会いに行くなど、死者に鞭《むち》打つ行為に等しい。

だが、二人の話が聞ければ、なにか事件解決の糸口が見つかるかもしれないとルルカは考えていた。

するとなにか思いついた様子でアレクシスが指を鳴らす。

「そうだ、いい方法がある」

「え、なんですか⁉」

と、ルルカは思わず椅子から身を乗り出したのだが……。


「……これが、いい方法なんですか？」

馬車に揺られながら、ルルカはアレクシスに思わず恨《うら》み言を呟く。

あの後、アレクシスの命令で侍女たちに着替えさせられ、あれよあれよという間に王宮の役人が着る制服に男装させられてしまったのだ。

長い髪は、役人が被る三角帽の中に隠してあるので、一見華奢な青年に見えないこともない。

「三人目の婚約者として会いづらいなら、変装するしかないだろう？　治癒士として話を聞く手もあったけど、きみが王立治療院で働いているのはもう噂になっているからね。きみのことは、秘密裏に調査している内部調査官ということにしておいたから、なんでも彼女らに聞くといい」

「それは助かります」

「僕も二人の見舞いに行こうと思っていたところだったので、ちょうどよかった」

一人目の婚約者は、アイラ・ディ・バーガンデス。

シシリーヌ王家の縁戚で、四大貴族のうちの一つ、バーガンデス侯爵家の令嬢だ。

バーガンデス侯爵家の邸宅は王宮近くにあり、遠目から見てもすぐわかるほどの大豪邸だった。

「これはこれは、ようこそお越しくださいました、殿下」

王太子の訪問ということで、アイラの両親からは手厚いもてなしを受ける。

が、当の本人は、病はだいぶ良くなってきたものの、婚約破棄になったショックからいまだ一日の大半を伏せって過ごし、寝たり起きたりの状態だという。

「この度は殿下には多大なるご迷惑をおかけして、お詫びのしようもございません」

縁談が破談になり、アイラの両親も心労が溜まっている様子だった。

短時間でいいのでアイラに会わせてほしいとアレクシスが頼み、彼女の私室へ入れてもらうことができた。

寝台に伏せっていたアイラは、アレクシスの訪問に慌てて上体を起こす。

「そのまま横になっていてください。気を遣わないで」

「こんなお見苦しい姿をお見せして、申し訳ありません……」

「こちらこそ、突然訪問してすまなかった。その後具合はどう？」

「……自分でも、なぜこうなってしまったのかよくわからないのです。婚約が決まった後、なぜか急にとても疲れを感じ始めて、眠くて怠《だる》くて……でも眠ろうとしても、短時間しか眠ることができなくて。ひとときも心が安まることがなかったです」

まだ病が尾を引いているのか、アイラは少しやつれて覇気がなかった。

話を聞いてみると、むろん既に王立治療院の聖女と特級治癒士にも診てもらったらしいが、どんな治癒魔法も効果がなかった。

ところが、アイラの身を案じた両親が婚約破棄を願い出、それが了承された途端にすべての症状が軽快したのだという。

「本当に、今までの苦しみがまるで嘘のように楽になったというか……なぜなのか自分でも理解できなくて……」

もう一度詳しく診察してもらっても、なぜ軽快したのかすらわからず、いまだ原因不明なのだという。

――病因は、いったいなんだったんだろう……？

ルルカが見たところ、自分の治癒魔法なら彼女を完全に治すことができると踏んだが、聖女たちが治せなかった病をアレクシスの目の前で治すわけにはいかない。

――ごめんなさい、アイラさん。

今は無理でも、なんとかして後日機会を作り、二人を治療しようと考える。

せめて原因が摑《つか》めればいいのだが。

食中毒か、毒物か、はたまた感染症なのか。

病因を探るには、患者からの聞き取りが重要だ。

それは前世の経験から、よくわかっていた。

「なにか、普段と違う食べ慣れないものを口にしたとか、なんでもいいので、なにか心当たりはないですか？」

「いいえ、特に変わったことはありませんでした。本当になにも心当たりがないんです。お役に立てず申し訳ありません……」

ほかにもいろいろ問診してみたが、結局病因を摑むことはできず、バーガンデス邸を後にする。

「王宮の内部調査官が、既に一度調べて毒物を使った痕跡もなにも出なかったんだ。いったいなにが原因なのか……まぁ、めげずにエレノアのところへも行ってみよう」

二人目の婚約者は、エレノア・ディ・ラウド。

こちらも母方が隣国の王家と縁戚関係にある、由緒正しき家柄の公爵令嬢である。

ところが二人目の話を聞いても、結果は一人目とほぼ同じだった。

収穫はなしか、と落胆しかけた時、ふと思い出したようにエレノアが呟く。

「そういえば……関係ないかもしれませんが、殿下との婚約が決まってから、奇妙な夢を見るようになりました」

「夢ですか？　どんな内容の？」

「同じ夢を、何度も繰り返し見るんです。内容はよく憶えていないのですが、女性が声もなく泣いていて。その姿がとても悲痛で、見ているわたくしまで胸を掻きむしられるような思いがするのです」

本当にただの夢なんですけど、とエレノアは話を締めくくろうとする。

だが、ルルカは妙に気になって質問を続けた。

「その女性は、どんな方だかわかりますか？」

念のため確認すると、エレノアは少し思案し、「そういえば治癒士様の正装に似ているような、白いローブを羽織っていらっしゃいました。フードを目深に被っているので、お顔はよくは見えないのですが」

結局ほかにはめぼしい成果もなく、二人はエレノアに礼を言って屋敷を後にする。

「夢か……なにか関係があるんだろうか」

「アイラさんも、悪夢にうなされるっておっしゃってましたよね」

二人とも、夢になんらかの暗示があるようで引っかかる。

「例えば呪詛《じゅそ》系なら、術者やシンボルのようなものが夢に現れる可能性もある」

「呪詛……？　呪いってことですか？」

誰かが、アレクシスの婚約者に呪いをかけたのだろうか？

「でも、なんのために？」

「目的はいろいろあるさ。警護が厳しい王族の僕より、彼女らの方が圧倒的に狙いやすいはずだ。王家への害意を示すには、都合のいい標的になる」

「……何者かが王家を狙っているかもしれないんですね」

「ただ、方法がわからない。呪詛はかなりの高等魔法で、王都の魔法士たちでも実行可能なのはごく一部だろう。実際この一件が起きた時、その可能性を踏まえて真っ先に調査させたんだが、数少ない最上位クラスの魔法士の中に該当する者は一人もいなかった」

「そうだったんですね……」

頭が切れるアレクシスのことだ。

最初から自分を狙った陰謀の可能性を考え、先手を打って既に調査させていたのだろう。

さすがだ、と内心感心するが、結局話は振り出しに戻ってしまう。

「僕を狙えばいいものを、彼女たちには本当に申し訳ないことをした」

そう呟くアレクシスの横顔には、珍しく苦悩が滲んでいる。

「……だから、お二人とのご婚約をすぐ解消されたんですね」

婚約を継続したら、彼女らの命はなくなるかもしれないと危ぶんだのだろう。

「その分、きみに迷惑をかけているけどね」

と、アレクシスは苦笑する。

「問題ありません、私、こう見えて意外と頑丈なんです！　早く黒幕を見つけて、今度こそちゃんと殿下がご結婚できるように頑張りましょうね」

アレクシスが気の毒で、故意に明るく告げると、彼は苦笑した。

「きみはいつも元気だな。見習わないと」

「そうですよ！」

アレクシスを励ましたくて力強く同意したものの、結局なんの手がかりも掴めなかったことにルルカはやや落胆していた。


二人の婚約者からの聞き取りでなにも得られなかったのだから、またほかの方法を考えて作戦を立てなければならない。

悶々《もんもん》と考え事をしながら、離宮にある薔薇園で苗の水やりに勤しんでいると。

「あ、いたいた。今日はここか」

ふいに背後から聞き覚えのある美声が聞こえてきたので、ルルカは手の甲で首筋の汗を拭きながら振り返る。

「あ、殿下、それにセス様」

「僕より多忙なきみを摑まえるのは大変だな」

「わざわざ皮肉を言いにいらしたんですか？　指定されたお茶会と夜会にはちゃんと出席してるじゃないですか」

アレクシスが三度目の婚約をしたとあって、周囲の貴族たちからのお誘いは引きもきらず、釣り餌としてできるだけ彼に同行し、仲睦まじい演技を続けてはいるものの、今のところなんの動きもないのだ。

「おかしいですね。そろそろ三人目の標的として、あなたの身になにか起きても不思議ではないのですが」

「わ〜、私が無事なのが納得いかない口ぶりですね。セス様」

相変わらず自分に対して容赦がないセスに、ルルカは苦笑する。

だが、彼が常にアレクシスの身を第一に考えているのはよく知っているので、腹は立たなかった。

「この者の行動は怪しすぎます。偽装婚約など、今すぐおやめください」

「本人の前で言っちゃうところも、セス様らしいですね」

彼の意地悪にはもうすっかり慣れっこのルルカは、如雨露《じょうろ》を差し出す。

「なら、私も遠慮なく。私の悪口を言う暇があるなら、せっかくいらしたんだから手伝っていってください」

「は？　なんと図々しい！　これだからここに来るのは反対だったのです。殿下、さっさと帰りましょう」

「なんだか楽しそうだ。僕も手伝おう」

「で、殿下⁉」

仰天して目を剝くセスを尻目に、アレクシスは嬉々として礼服の上着を脱ぎ、絹製のシャツの袖をまくる。

「え、殿下、土いじりなんてできるんですか？」

「失敬だな。やり方を教えてくれればできるさ」

「助かります！　それじゃ、この肥料を苗の根許近くに撒いてください」

手本を見せてやると、アレクシスはそれを真似て上手に肥料を撒き始めた。

「殿下に肥料など触れさせるとはっ、なんと不敬な！」

「セス様は、そこで怒鳴っているだけなんですか？　主君が率先して手伝ってくださっているのに？」

どうするのかと思って見ていると、セスはルルカの挑発に忌々しげに睨んできたが、渋々自分も侍従の制服を脱いで手伝い始めた。

「なんか、無理に手伝わせちゃったみたいですみません」

「みたいじゃなくて、まさにその通りでしょうが！」

ぶつぶつ文句を言いながらも、きっちりした性格のセスは見事な手際で作業を終わらせてくれた。

「お二人のおかげで早く終わりました。ありがとうございます！　あ、そろそろお昼ですね。お腹空きませんか？　私が育てた野菜で作ったシチューを煮込んでおいたので、ご一緒にいかがです？」

「へぇ、青薔薇のほかに野菜も育てているのかい？」

「はい。少し土地が余ってたので。今はトマトとナスが豊作なんですよ」

二人に畑を見せ、成果を自慢すると、セスが心底あきれたように「あなたはどんな災害が起きても、しぶとく生き残りそうですね」と呟いた。

「いやぁ、そんなに褒めても、なにも出ませんよ？」

「褒めてません。純然たる皮肉です」

「今仕度するので、ちょっとだけ待っててくださいね！」

セスが追撃してくるが、ルルカはそれを完全スルーし、離宮に走って戻ると、後ろでアレクシスが爆笑しているのが聞こえてきた。

――殿下も、気分転換になるといいんだけれど。

自分の婚約者が危険な目に遭ったり、死神王子などと渾名をつけられたりと、彼も日々相当な精神的重圧があるだろう。

人目がない時くらい、せめて寛《くつろ》いでもらいたいと、ルルカは急いでメアリと一緒に四人分の昼食の席を用意した。

「お待たせしました！」

深皿にたっぷりと盛りつけたトマトとナスのシチューは、ゴロゴロと大きめの野菜がたくさん入っていて、いかにも食欲をそそる。

それに今朝焼いておいたチキンパイと、新鮮な野菜サラダを添えて、簡単ランチの完成だ。

「メアリと二人のつもりだったので、質素で申し訳ないんですけど、よかったらどうぞ」

「やぁ、おいしそうだ。ありがたくいただこう」

アレクシスが席に着いたが、セスはその背後に立ったまま動かなかったので、ルルカは彼に「セス様もご一緒に」と促す。

「いえ、私は侍従です。殿下とお食事の席を共にするなど……」

「ここはそういうのなしなんです。それを言い出したら、私生粋の平民ですし」

「しかし……」

「私は殿下とも一緒に食事をするし、メアリとも同じですよ？　私は一緒にお食事したい人を誘ってるんです。さぁ、早く！」

使用人や侍従が王族と同席して食事をすることなど、普通ならあり得ないのだが、ルルカはそういう階級制度に従うつもりはなかった。

すると、アレクシスが助け船を出してくる。

「この離宮では、ルルカが主だよ、セス」

「……では、失礼します……」

やっとルルカと同席することには慣れてくれたメアリだが、今日は王族であるアレクシスたちがいるので、こちらもまた渋ったが、なんとか説得してようやく四人で食卓を囲むことができた。

「うん、トマトの味が濃厚で、おいしいね」

「よかった。お代わりもあるので、たくさん召し上がってくださいね」

アレクシスは、席に座って苦虫を噛み潰したような表情のまま手をつけないセスに声をかける。

「セス、ここではルルカが法律だ。観念していただきなさい。それに、僕もずっと、きみと一緒に食事がしてみたかったんだ」

「……殿下」

アレクシスに促され、セスはためらいがちにスプーンを口へ運ぶ。

が、平素無表情の彼が、わずかに大きく目を見開くのをルルカは見逃さなかった。

「……ふん、まぁまぁですかね」

どうやら、ルルカ特製のシチューは彼の口に合ったらしい。

「ふふ、セス様のまぁまぁは、かなりの高評価だと受け取っておきますね」

「まったく、どこまでも図々しい方ですね。きっと長生きされると思いますよ」

「ありがとうございます、嬉しいです」

「だから皮肉です!」

そんなこんなで、賑やかなランチのひとときを過ごし、ルルカは楽しかった。

本当になんの意図もなく、彼らを食事に誘ったのだが、帰り際にアレクシスがいないところで、セスに声をかけられる。

「もう一度確認しますが、あなたは本当に王太子妃の座を狙っているわけではないのですか?」

アレクシスそっちのけで、王立治療院の手伝いや金の青薔薇栽培に飛び回っているルルカに、彼はようやく『この娘、別の意味でまともではない』と感じているようだ。

「だから、最初からそう言ってるじゃないですか」

まだ疑っていたのか、とルルカは内心あきれてしまう。

「本当に王太子妃になりたいなら、殿下のご機嫌を取りまくって、べったりくっついて離れませんよ」

　確かに、とセスもそれに関しては同感らしかったら、納得いっていない様子だ。

「そりゃまぁ、殿下は類《たぐ》い希《まれ》なる容姿で貴族のご令嬢方からの人気は絶大ですが、なにせあの性格ですからね。扱いはなかなか難しいとは思いますが、腐ってもこの国の王太子ですよ？　いったいどこが不満なのです⁉」

「なんで怒ってるんですか、言ってること矛盾しすぎでしょ……」

　セスの、アレクシス贔屓《びいき》ぶりのすごさに、若干引き気味のルルカである。

「……まぁ、ですがいいこともありました。あなたがいらしてから、殿下がとても楽しそうなので」

「え……？」

「失敬。よけいなことを申しました。お忘れください」

　バツが悪くなったのか、セスがそそくさと行ってしまったので、一人残されたルルカは暢気にも「殿下はいつも楽しそうだと思うけどなぁ」などと思ったのだった。


「殿下！　殿下、大変です！」

王宮本殿に馬で乗りつけたルルカは、急いでアレクシスの執務室へと飛び込んだ。

こういう時、検問をスルーパスできる婚約者という身分は実に便利だ。

すると、机に向かっていたアレクシスより先に、そばに控えていたセスが眉をひそめた。

「相変わらず騒々しい方ですね。偽装とはいえ、あなたには殿下の婚約者としての嗜みが圧倒的に足りな……」

「お説教は後で聞きますから！　お二人とも離宮へ来てください、早く！」

ルルカに急かされ、アレクシスとセスは訳もわからないまま馬車に同乗し、離宮へと向かう。

「見てください、ほら！」

と、自慢げにルルカが示した先には、蕾《つぼみ》を持っていた青薔薇が一斉に開花した、それは美しい光景が広がっていた。

普通の青薔薇なら花弁が青いだけだが、すべて金粉を振りかけたような金の模様が刻まれている。

それは、大聖女が改良した品種と同じものだった。

「バカな……てっきり失敗するとばかり思っていたのに……」

今まで数多くの専門家が挑戦して成功しなかったのに、素人のルルカが栽培したところでただの青薔薇になるに決まっているとたかをくくっていたセスが、驚きのあまり声を失っている。

「土壌を耕した後、王立治療院の聖女様と特級治癒士の方々にお願いして、癒やしの力を注いでいただきました。薬学研究所のお力もお借りしたので、皆さんのおかげで土壌改良された成果が出たんだと思います。すごく幸運でした」

布石として、申し訳なかったが王立治癒院に依頼し、数人の聖女と特級治癒士たちに何度か土壌へ癒やしの力を注いでもらっておいた。

金の青薔薇復活が自身の治癒魔法のせいだとは絶対に知られてはいけないルルカは、すべて彼らの功績だと主張する。

「ついに咲いたのか……みごとだ……」

アレクシスは感慨深げに呟き、その眺めにしばし無言になった。

「こ、こうしてはいられません、薬学研究所に連絡して、本当に当時の金の青薔薇と同じ効能があるのか調査を依頼しませんと！」

あたふたとセスが立ち去り、青薔薇園にはルルカとアレクシスだけが残る。

すると、しばらく無言だったアレクシスが呟いた。

「……母上がここに離宮を建ててもらったのには、本当は理由があるんだ」

「え……？」

「母上は平民で貧しい家に生まれて、苦労しながら薬学士となったらしい。かなり優秀で王立治療院付属の薬学研究所で働くようになって、そこで父上と出会ったんだ」

王立治療院付属の薬学研究所も国内の相当なエリートしか採用されないので、アレクシスの母親は優秀な人材だったのだろう。

「母上には、いつか大聖女様が育てた金の青薔薇を復活させたいという夢があってね。それさえ復活させられれば、貧しい庶民でも手が届く薬が作れるからと、寂れ果てたこの場所を選んで、同じ土地で金の青薔薇復活に挑戦するつもりだったらしい。だが、僕を産んですぐに亡くなってしまったから、その夢はついに果たせずじまいだったんだ」

「そうだったんですか……」

アレクシスの大聖女贔屓ぶりは、もしかしたら母親の影響があったのだろうか、とルルカは初めて知る。

「ありがとう、ルルカ。復活した金の青薔薇を見て、天国の母上も喜んでくれていると思うよ」

「……殿下」

アレクシスが、雇った身の上の自分を王宮内でここまで自由にさせてくれたのは、万が一栽培に成功し、亡き母の遺志を継いでくれたら、という思いがあったのかもしれない。

ふと、そう感じた。

「お役に立てて、よかったです」

無事契約が完了し、自分がいなくなっても、この希少な花を残すことができたのはよかったなとルルカは笑顔になる。

「そうだ、お母様の墓前にこのお花をお供えしてはどうですか？」

そう提案すると、アレクシスは少し驚いたように目を瞠《みは》り、そして微笑んだ。

「そうだね。きっと喜ぶだろう」

なのでルルカは急いで金の青薔薇を摘んで小さな花束を作り、二人は馬車で王宮奥に位置する王家の墓所へと向かう。

エリーサの墓は、豪華で贅沢な造りの王族たちの墓所から少し離れた場所にあった。

ルルカがアレクシスに花束を渡すと、彼は母の墓前にそれを供える。

「母上、見えますか？　母上が復活させたかったこの花を、ルルカがみごと咲かせてくれましたよ」

墓前に跪いて両手を組み、真摯《しんし》にそう報告する彼の端整な横顔を見つめながら、ルルカも同様に祈りを捧げた。

――エリーサ様、殿下のご結婚を阻むものの正体が、一日も早く見つかりますように、どうかお力をお貸しください。

この人が、なんの障害も愁《うれ》いもなく、晴れて結婚できますように。

そこまで考え、ルルカはふと以前のアレクシスの言葉を思い出す。

「殿下」

「ん……？」

「もし無事に、婚約を阻む原因が解明できて、ご結婚できるようになったら……その時はまた家柄のみの釣り合いでお相手を選ぶのですか？」

ルルカの問いに、アレクシスは少し沈黙し、そして「そうだね」と短く答える。

「なぜ、そんなことを聞く？」

「いえ……」

国王を愛し、愛妾に甘んじながらつらい思いをしてまで己の愛を貫いた母エリーサは、アレクシスに愛のない結婚を望んでいるのだろうか……？

ふと、考えてしまう。

アレクシスの返事はルルカの胸に小さな棘《とげ》を残したようで、なんだか胸の辺りがチクチクした。

すると、立ち上がったアレクシスがふいにルルカの腰に腕を回し、抱き寄せる。

「それとも、きみがこのまま偽装を本当にして、僕の妃になってくれるとか？」

「ななな、なに言ってるんですかっ⁉　私は、一日も早く原因を突き止めて、たんまり報酬をいただいて故郷の養護院で子どもたちとまた一緒に暮らすんですからっ！」

焦って、ついそう主張してしまうと、自分を見つめるアレクシスの瞳が一瞬悲しげに翳った。

が、それはすぐにかき消され、いつもの軽薄な調子でアレクシスは「なんだ、残念。僕の魅力の虜《とりこ》になったのかと思った」と茶化してくる。

「……相変わらず、自己評価が高くて羨《うらや》ましいですっ」

そう言っても、アレクシスが解放しようとしないので、ルルカは急いで彼の腕の中から逃れた。

「そ、そうだ！　私薔薇園に戻らないと。失礼しますっ」

その場を逃げ出し、一人になっても、まだ心臓が早鐘を打つように躍っている。

今まで、こんな風になったことなどなかったのに、いったい自分はどうしてしまったんだろう？

ルルカは、生まれて初めて味わう複雑な感情に戸惑っていた。


こうして、ルルカが金の青薔薇栽培に成功した知らせは瞬く間に王宮内を駆け巡り、一躍話題となった。

「素人なのに、三百年復活できなかった金の青薔薇を復活させるなんて！」

「やはり、あのアレクシス殿下が選んだお方だ。ただ者ではないのだろう」

アレクシスを持ち上げる意味もあったのだろうが、そんな風に噂され、困ったルルカは王立治癒院と薬学研究所が手を貸してくれていたから栽培に成功したのだと、公式に噂を訂正してもらった。

協力してくれた聖女と治癒士たちはむろんのこと、当初はなから成功するはずがないと協力を拒んだ薬学研究所も、ルルカに手柄を譲られ、国王から莫大な報奨金が出たらしい。

すると後日、ホラン所長が実にバツが悪そうに、離宮へ渋々お礼を言いにやってきた。

「……この度はその……金の青薔薇栽培成功、まことにおめでとうございます」

「いえいえ、とんでもないです。これも特別にホラン所長が手助けしてくださったおかげですから。きっと、この功績で所長のお給料とか上がっちゃったりしますよねぇ。羨ましいです〜」

たっぷり含みを持たせて微笑みかけると、ホラン所長は怯えたように後じさる。

「わ、私に恩を着せておいて、いったいなにが望みなんです……⁉」

「さすが所長、お話が早くて助かります。これからこの花を使った回復薬の調合を試したいので、お手伝いいただけますか？」

「はぁ⁉　あ、あなた薬学に関しては素人ですよね⁉」

「ですから、所長のお力が必要なんです。大聖女様が遺された当時の配合レシピを殿下から見せていただいたので、それを再現したいんです」

王立治療院には薬剤を開発・調合する巨大な薬学研究所があり、そこでたくさんの種類の回復薬も製造開発されている。

回復薬は疲労回復効果があり、軽度な怪我ならそれだけで治してしまうので、魔獣討伐の現場では非常に重宝するのだ。

回復薬にもそれぞれランクがあり、高級なものは治癒士なしでも大怪我まで治すことができるが、その分値段が高価でとても庶民には手の届かない代物である。

ルルカは復活させた金の青薔薇を使って、さらに効果の高い安価な回復薬の調合に取りかかろうと考えていた。

――最初にホラン所長がけんもほろろに断ってくれて、よかったのかも。

ルルカの手伝いをつっぱねたのに手柄を譲られた所長の弱みにつけ込んで、自分は表舞台に立たずに済みそうだ。

そんな流れで、ルルカは薬学研究所にも出入りするようになり、回復薬の効果を上げるために配合を替え、何百通りもの組み替えを試してみる。

今までの自分にはとてもできないことだったが、大聖女時代の記憶を取り戻したおかげで面白いように手応えを感じた。

とはいえ、初級治癒士の自分が開発した薬など信用してもらえないのは当然なので、ルルカは試薬を自分の身体を実験台にして試した。

「痛っ……」

ナイフで腕の内側を傷つけ、回復薬を飲んで傷の治りの早さを測定する。

その結果、既存の回復薬の倍の早さで怪我を治癒できる回復薬の開発に成功した。

「あのこれ、検査していただきたいのですが」

ルルカはホラン所長に、自ら開発した回復薬の調合レシピと試薬を提出する。

「自分で何度も実験しましたが、効果は既存のものの倍以上にはなっていると思います」

「倍？　そんな馬鹿な。最新の回復薬はこれ以上とても無理というレベルまで効能を引き上げてあるんですよ？」

薬の開発及び認可の権限を持つホラン所長は、はなから懐疑的な対応だったが、弱みを握られているルルカを無下に扱えず、渋々受け取って精査すると約束してくれた。

「あの、それは私ではなく、ホラン所長が開発されたことにしていただけますか？」

「は？　なぜですか？」

「そ、それは……えっと、殿下と結婚したら治癒士は引退するので、今のうちにできることをしておきたいと思ってやっただけなので。変に名前が出るのは困るというか……」

あらかじめ考えておいた言い訳に、一応ホラン所長は納得してくれたようだった。

「わかりました。とにかく検査結果が出ましたら、またお知らせしますので」

「はい、ありがとうございます」

――よかった……。

表舞台には立てないものの、これで少しは人々の役に立てたかもしれないと思うと、肩の荷が下りた気がする。

そしてルルカには、ほかにもまだやらなければならないことが山ほどあった。


「あらあら、ルルカ様。ご機嫌よう。今日は、土いじりはよろしいんですの？」

マリリアが大仰《おおぎょう》に言うと、周囲の令嬢たちが扇の陰で一斉にクスクス笑いを始める。

その日の午後はマリリアの自宅である公爵家でのお茶会に招かれていたルルカは、さっそくの出迎えに内心苦笑する。

普段楽な乗馬服や治癒士の制服を着ているので、コルセットでぐいぐい締め上げられたドレス姿はやはり苦手だ。

――今日は殿下が同伴ではないから、私をいびる気満々ね。

だが、そんな嫌がらせなど痛くも痒《かゆ》くもないルルカはにっこり微笑み、あらかじめ用意してきた話題を振ることにする。

「実はふと思いついたんですけど、治癒魔法を化粧品に生かせないかと思いまして」

「化粧品？　なにを言い出すのかと思ったら」

と、マリリアははなからバカにした対応だ。

「ご存じのように、治癒魔法には人体の回復力を促進する効果があります。それなら皮膚へ重点的にかければ、肌の若返りや美白効果にも繋がるんじゃないかと。今、王立薬学研究所で試作品を作っていただいているところなんです」

そう言って、ルルカはドレスから見えている自分の首筋や胸許を指し示す。

「実験として自分で使用を続けてますが、けっこう効果が出ていると思うんですよね。どうですか？」

治癒魔法をたっぷり込めた化粧水をつけまくった肌は、しっとりときめ細かく、透き通るように白くなっている。

三百年前にも、なんとかして貴族の令嬢たちを懐柔したいと考え出した裏技だ。

当時は非公式で自分の周囲だけに配っていたので、公式な記録にも残っていない。

そのレシピを思い出したルルカは、またまたホラン所長の弱みにつけ込んで化粧品まで開発させたのだった。

「そんなバカな。化粧水だけでそんなに肌が変わるわけがないでしょうに」

鼻先でせせら笑ったマリリアが、ルルカの肌を見て表情を変える。

そして椅子から立ち上がり、そばまで寄ってまじまじと眺め始めた。

するとほかの令嬢たちも気になるのか、わらわらとルルカの席へ集まってくる。

「……触ってみてもよろしくて？」

「ええ、どうぞ」

手触りがしっとりとして吸いつくような弾力なのは検証済みなので、ルルカは彼女らに好きにさせた。

「……本当に肌が透き通るように白いですこと」

「まさか、わたくしは異国の商人を通してあらゆる化粧品で効果のあるものを試しましたけれど、こんなに効果があるものなんて見たことがありませんわ」

効果は抜群で、令嬢たちがどよめき始めたところで、ルルカは満を持して切り出す。

「もうすぐ試作品が完成するので、よろしかったら皆さんにお試しいただきたいのです。もちろん、王立薬学所の認定をいただいたものなので、安心してお使いください」

その誘いに、令嬢たちは顔を見合わせている。

「ま、まぁ本当に試作品が完成したなら、試してさしあげてもいいわね」

真っ先にそう言い出したのは、ユーリンだ。

損得勘定が早そうな彼女は、無意味にルルカをいびるより自分が得をする方を選んだようだ。

すると、ほかの令嬢たちも「わたくしも試してみたいわ」「わたくしも！」などと口々に訴え出す。

最後にマリリアが、渋々口を開いた。

「そ、そうね。効果があるかどうかは怪しいけれど、わたくしたちは優しいから、協力してあげてもよくってよ？」

「ありがとうございます」

まんまと計画通りに事を運び、ルルカはにっこりしたのだった。

第四章　過去世と向き合う

「噂は聞いたよ。ご令嬢たちをうまく手なずけたようだね」

後日、人目のある王宮のサロンへ呼び出されたルルカに、先に到着していたアレクシスが告げる。

「……殿下には、なんでも筒抜けなんですね」

見張りをつけられていると知っているので、移動中何度も撒こうと努力しているし、ずっと用心はしているのだが、どれほど警戒していても不思議なことに逐一行動を把握されているため、最近ではあきらめているルルカだ。

まぁ、今のところ正体がバレるようなヘマはしていないので大丈夫だろう。

サロンではほかの貴族たちが昼下がりのお茶を楽しんでいるが、アレクシスとルルカの様子をちらちらと窺っているのが伝わってきた。

衆人環視の中、仲睦まじく寄り添い、優雅に談笑する二人だが、会話内容は至って色気がないものだ。

「僕の婚約者は、僕の相手より薬や化粧品を作るのに忙しそうだね。寂しくて拗ねそうだ」

「……そういう思ってもない皮肉、やめていただけます？」

一応反撃はしてみたものの、確かに彼の言う通りでもあるので、罪悪感を刺激されたルルカはしゅんとして謝った。

「……いろいろ勝手をしてすみません。でも、これが治癒士としての最後の仕事になるかもしれないので、自分にできることはしておきたいんです」

成人の儀をきっかけに取り戻した三百年前の記憶は、いつ失うかわからない。

だが、かといってこのままずっと大聖女の力を隠し続け、初級治癒士として生きていくのも、いつかボロが出そうで怖かった。

ならば、王宮で自由に動けるうちだけこの力を使って人々を助け、故郷に戻ったらすっぱりと治癒士の仕事も辞めよう。

ルルカはそう考えていた。

——今は、天から与えられたこの力を、人の役に立つために使いたい。

その方が、後々後悔せずに済むから。

ただの、自分の罪悪感を紛らわせるだけの偽善かもしれないが、なにもしないよりマシだと思った。

「治癒士の仕事を辞めるのかい？　なぜ？」

「それは……一身上の都合です」

「言いたくないんだね。気になるなぁ。きみには存外秘密が多そうだ」

意味深に微笑まれ、ルルカは内心ドキリとする。

大丈夫、この人に自分の前世などわかるはずがない。

ただのはったりだ、と平静を装う。

「あの……ずっと不思議だったんですけど、殿下はどうして、私の好き勝手にさせてくれるんですか？」

「そりゃあ、婚約者に好かれたいからに決まってる」

「真面目に答えてください！」

「なら聞くが、僕が正直に話したら、きみも抱えている秘密を打ち明けてくれるのかい？」

予期せずさらりと痛いところを衝かれ、ルルカは動揺する。

「い、いったいなんの話ですか？　秘密なんか……なにもないですけど？」

「ふぅん。きみがそう言うなら、そういうことにしておいてあげてもいいけど」

焦るルルカを前に、アレクシスは楽しそうに長い足を組む。

――この人、苦労知らずの王子様かと思ってたら、案外鋭いのかも……？

自分が大聖女の生まれ変わりだということは、決して知られてはいけない。

けれど……。

アレクシスにだけは知っていてほしい、自分を理解してほしいという気持ちも芽生え始めている。

そこまで考え、ルルカははっとした。

――なにをバカなこと考えてるの⁉　殿下は王族なんだから、信用しちゃ駄目。

アレクシス本人は一見軽薄に見せているが、他人を身分で差別したりする人間ではないことは、もう身をもって知っている。

だが、かつて王族を信じ、身を粉にして尽くした末に悲惨な最期を遂げた記憶は、簡単には払拭できない。

安易に心を許してはいけない、とルルカは自分へ言い聞かせた。

「だけど、拍子抜けだな。きみが王宮に来て、約三ヶ月。これだけあちこちきみを連れ回しても、なにも起きないなんて想定外だった。敵がまだ仕掛けてこないことに、なにか意味はあるんだろうか？」

「そういえば……そうですね」

このところ金の青薔薇栽培に薬と化粧品の開発で駆け回っていたので、うっかり忘れかけていた。

言われてみれば、まだ自分の身に病が降りかかった気配は微塵もない。

「きみ、忙しすぎて契約のことを忘れていただろう？」

「そ、そんなことないですよ⁉」

図星を指され、ルルカは焦って否定する。

一応ルルカも日々警戒は怠らなかったものの、王宮にやってきて身の危険が迫るようなことはなに一つ起きなかったのだ。

「殿下の婚約者に不幸があったのは、やはりただの偶然だったのでは？」

「二人とも、聖女と特級治癒士にも治せない原因不明の病で、ほぼ同じ症状だ。しかも僕との婚約を解消した途端に軽快している。そんな都合のいい偶然が、あるとでも?」

「……確かに」

「まぁ、それはおいおい考えるとして。今日はきみに見せたいものがあるんだ。行こう」

アレクシスがそう言うので、ソファーから立ち上がると、彼は周囲へこれ見よがしにルルカの腰を抱き寄せ、仲睦まじい恋人同士が寄り添うように歩き出した。

——は、恥ずかしい……っ。

演技とはいえ、ルルカもアレクシスに夢中、といった様子で彼と見つめ合い、はにかみながら微笑む。

「まぁ、仲がおよろしいこと」

「ですけど三人目の婚約者様には、まだなにも起きていませんのね。やっぱりただの偶然だったのかしら」

貴婦人方の、そんな囁きが耳に入る。

まるでルルカがいつ病に冒されるのか、賭けでもしているような興味本位の視線を感じ、ついムクムクと生来の負けん気が頭をもたげてくる。

「私、健康だけが取り柄なんです。王宮に来てからはお食事もおいしくいただいて、ますます元気になりました」

わざと大きな声でアレクシスに言うと、彼は少し驚いて、それからおかしそうに笑みを噛み殺していた。

「まったく、きみはいつも突拍子がなくて面白いね」

「安心してください。いつか私が、死神王子なんていう不本意な渾名は打ち消してみせますから！」

周囲に仲睦まじさを見せつけながらも、相変わらず色気のない二人は、連れ立って王宮内を移動する。

着いた先は、王族のみしか立ち入りできない禁止区画だった。

その一室の扉を開け、アレクシスが中へとルルカを誘導する。

「ここは……？」

「歴代国王の肖像画を飾った、伝統の間だ」

アレクシスに案内され、ルルカは室内へ足を踏み入れた。

ずらりと壁に飾られた、正装姿の国王の肖像画は、どれもさすがの風格と威厳を漂わせている。

「即位期間が何十年もあった人もいれば、わずか数年で退位した人もいるから、王国が建国されて、約五百年。これだけの歴代国王が存在したんだね」

王族のアレクシス自身も、実際に面識があるのは祖父の代までだろう。

なんとなくいやな予感がして、ルルカはひどく落ち着かなかった。

早く、この場所から逃れたい。

だが、そんなルルカの異変には気づかず、アレクシスが解説しながら歩を進める。

「輝かしき大聖女時代の国王が、こちらのナナヴィル二世と三世だ」

彼に導かれた肖像画の前に立った途端、どくん、と鼓動が跳ね上がった。

ナナヴィル三世の肖像画は五十代くらいの落ち着いた年代だが、その美しい青い瞳は当時と少しも変わっていない。

「……アーネスト様……」

思わず、懐かしい名が口を衝いて出る。

前世の自分が、生まれて初めて恋をしたその人の顔を見た瞬間、ルルカの脳裏に当時の記憶が濁流のごとく流れ込んできた。

◇　◇　◇

「ルーネは本当に可愛いね。きみは私の女神だ」

会う度に、全身全霊で褒めそやしてくれる、その人と初めて王宮で出会った時、彼は一八歳の王太子だった。

大聖女としての功績が認められ、王宮への居住が許された際、国王一家との謁見で二人は出会った。

大聖女の称号を受けると、ルーネの許には多くの王侯貴族たちから結婚の申し入れが殺到した。

伝説の大聖女と、是が非にも婚姻関係を結んでおきたい。

そんな野心や打算があからさまの求婚が相次ぎ、ルーネは困惑した。

だが、その騒動を一瞬にして収めたのは、王太子のアーネストだった。

まだ正妃を迎えておらず、未婚だったアーネストは、『ルーネに一目惚れした』と公言して憚からず、それ以来堂々と口説いてきた。

「王宮で初めてきみを見た瞬間から、心を奪われた。どうか私の妃になってほしい」

舞踏会の衆人環視の中での堂々たる求婚は、並み居る貴族たちの度肝を抜き、「世紀のプロポーズ」と称されるほどだった。

この王国で、国王の次に位が高いアーネスト以上の男性は存在しない。

彼の参戦に、ほかの貴族たちはすごすごと身を引くしかなかった。

「結婚はまだ先になるだろうが、婚約だけでもしてほしい。どうか私を安心させておくれ」

何度もそう懇願され、ルーネは返事に困った。

一応貴族の末席とはいえ、自分はしがない一地方領主の娘で、家柄も王族と、しかも次期国王となるアーネストの正妃になるには釣り合いが取れない。

やんわりとそれを理由に辞退しようとしたが、アーネストは引き下がらなかった。

「そなたは大聖女として、既に充分我が王国に貢献してくれている。それだけで私の妃になる資格はある」

それを聞いたルーネの両親は大喜びで、二人の結婚に賛成した。

王家からの直々の申し出をルーネに拒む力などなく、なし崩し的に二人は婚約した。

「ああ、愛しい私のルーネ。どうか私以外の男とは結婚しないと誓ってほしい。私にはきみだけなんだ」

何度もそう掻き口説かれれば、戸惑いもいつしか恋情へと変化していく。

孤独な王宮生活の中で、親しみを込めてルーネと接してくれるのはアーネストだけだったから。

いつしか彼の存在は、ルーネの中で大切なものになっていった。

身分不相応なのは承知しているが、彼がそこまで望んでくれるのなら、王太子妃として支えていこうと、覚悟を決める。

その後、ルーネは大聖女としての仕事で多忙を極めたが、仕事の合間を縫って厳しいお妃教育も受けた。

そんな中、ルーネはアーネストから契約書の束を渡される。

要約すると、それは今後ルーネが死ぬまで大聖女としての務めを果たし、国にその力を捧げることを約束させるものだった。

「これはあくまでも、書類上の手続きで必要なんだ。こんなものがなくても、きみはこの王国のために、そして私のために癒やしの力を捧げてくれるね？」

「はい、もちろんです。アーネスト様」

仮にアーネストと結婚しなくても、当初から自分の力をこの王国のために捧げるつもりだったルーネは、迷うことなく書類に署名したのだが。

そうこうするうち、瞬く間に二年の月日が過ぎ……。


「いったい、いつになったら結婚の話が進むのだ？　いい加減婚約期間が長すぎる！」

次第に痺《しび》れを切らした両親は、「おまえが王子の心を摑んでいないから、こんなことになるのだ」とルーネを責めた。

会えばいつも優しく接してはくれるが、結婚しようとは一度も言ってくれないアーネスト。

「ルーネの、大聖女としての務めも忙しいし、それに王太子妃としての務めも加わると、きみの負担になる。結婚はお互いにもう少し落ち着いてからにしよう。私は、急がないから」

そんな風に説得され、一応納得したものの、ルーネの心の中には小さな不安の種が芽吹いていた。

その芽が、少しずつ育っていった頃、信じられない噂が王宮内を駆け巡った。

なんと、アーネストと隣国の第二王女との結婚が決まったというのだ。

「いったい、どういうことなのですか？」

思わずそう詰め寄ると、アーネストはバツが悪そうに視線を逸《そ》らす。

「王族の結婚は、国の利益を最優先にしなければならない。賢いきみなら、わかってくれるだろう？」

「アーネスト様……」

「それに、父上はきみの並外れた癒やしの力が、未通の乙女だから強化されていると信じているんだ。だからどうか、このまま生涯結婚せずに清らかな身で、その一生を王国のために捧げてほしい」

悪びれもなく言われ、ルーネは言葉を失った。

そして、ようやくそこで理解した。

アーネストは自分を口説き、夢中にさせた上で誓約書を書かせ、目的を果たすと、本来水面下で進められていた隣国の王女との結婚を発表したのだと。

言われてみれば、長い婚約期間の間も、アーネストは口づけはおろか、手を繋ぐことすらしてこなかった。

それもルーネの不安を掻き立てる、一因だったのだが……。

「……最初から、私を騙していたのですね？」

「これも国益のためなんだ。わかってくれ、ルーネ。私もつらいんだ」

大好きだった彼の笑顔が、今では嘘で塗り固められたものだったことを痛感する。

本当は、心のどこかでわかっていた。

この癒やしの力がなければ、自分のようなちっぽけな存在など、誰も好きになってくれたりしないことを。

それでも、生まれて初めての淡い恋だった。

誰にも知られないよう、一晩泣き明かした後、ルーネは彼への恋情を断ち切り、その後は大聖女としての仕事だけに邁進《まいしん》した。

もう、誰も愛さない。

彼との約束通り、生涯独り身を貫き、大聖女としてだけ生きようと心に決めた。

当時、隣国との貿易にはかなりの利潤が絡んでいたので、関係が微妙だったところへアーネストと第二王女との結婚は双方の国から歓迎され。

そして、いつしか人々はアーネストがルーネと婚約していたことすら忘れていったのだ。

◇　◇　◇

「……カ、ルルカ？　どうしたんだ？」

そこでアレクシスから声をかけられ、ルルカははっと現実へ引き戻される。

ふと我に返ると、そこは伝統の間だった。

――そうか、だから私は心のどこかで、無意識に殿下と距離を置いていたのかもしれない。

記憶を取り戻すと、代々シシリーヌ王家には金髪碧眼の者が多いせいか、アレクシスはアーネストに少し面影が似ていた。

加えて王族への嫌悪が、知らぬうちにアレクシスを敬遠させていたのだろうか。

「顔色が真っ青だ。具合が悪いのか？」

「い、いえ、大丈夫です。でも少し疲れたので、部屋へ戻ってもいいですか？」

「ああ、もちろん。ゆっくり休むといい」

「せっかく案内してくださったのに、すみません」

今は彼の顔が正視できず、ルルカは罪悪感を抱えたままその場から逃げ出したのだった。


その晩から、ルルカは毎夜悪夢にうなされることになった。

アーネストの裏切りは、転生してもなお深く魂に傷として残っているようだ。

うなされて飛び起きてしまうのでほとんど眠れず、ルルカは日々衰弱していった。

そこではっと、これはアレクシスの婚約者たちと同じ症状なのではないかと気づく。

——ううん、違う。だってこれは私の前世の影響だもの。

自分が大聖女の生まれ変わりでなければ、この悪夢は見ないはずなので、そこは確信があった。

だが、周囲からほかの婚約者たちと同じ病だと思われては困るので、努めて元気を装う。

そういう訳で普段はいつも通り王宮内を駆け回っているので、夜部屋に戻ると糸が切れたように動けなくなることが多かった。

その日も夕食後に起きていられず、ぐったりと寝台に横になっていると。

「ルルカ様、アレクシス殿下がいらっしゃいました」

侍女のメアリに声をかけられ、ルルカはなんとか眠い目を開ける。

これも夢かと疑ったが、寝室に入ってきたのは確かにアレクシスだったので、慌てて飛び起きた。

「ど、どうされたんですか？　こんな夜更けに」

寝台から下りようとするのを、アレクシスが制して止める。

「メアリに聞いたよ。最近毎晩のようにうなされているらしいね」

「そ、そうなんですか？　私、寝ぼけちゃってるのかな」

アーネストの記憶を取り戻してから、悪夢はひどくなる一方だったのだが、そんなことは言えないのでルルカは笑って誤魔化す。

「あ、念のため言っておきますけど、婚約者様たちの病とは違いますからね？」

そう強調する彼女を、アレクシスはじっと見つめている。

「きみは最初から王宮に来たがらなかった。もしかして、ここになにかつらい思い出でもあるのか？」

図星を指され、内心ギクリとする。

「ま、まさか！　生まれてから一度も王都に来たことすらない平民の私が、王宮と関連なんかあるわけないじゃないですか、あははっ」

努めて明るく笑い飛ばすと、アレクシスは少し悲しげに目を眇めた。

「……ではなぜ、アーネスト様の名を知っていた？」

「え……？」

「あの時伝統の間で、きみはナナヴィル三世の肖像画を見て、アーネスト様と呼んだ。気になって調べたところ、それはナナヴィル三世が即位前の王太子時代の呼び名だった。なぜ王都に来たこともないきみが、僕ですら知らなかった三百年も前の王族の本名を知っている？」

「そ、それは……」

どうやら、人に聞かれては困るこの話をするために、アレクシスは不作法を承知の上で深夜ルルカの寝室を訪れたようだ。

まずい、聞かれていたのかと内心焦ったが、とにかく惚けるしかない。

「え？　私、そんなこと言いましたっけ？　殿下の聞き間違いでは？」

あくまでシラを切り通そうとするルルカに、アレクシスが軽くため息をついた。

「まだ、すべてを打ち明けるほど信頼されていないのは自覚している。いつか、きみの事情を話してもらえるように努力しよう」

そう言って、アレクシスはルルカに持参してきた袋を握らせた。

「安眠効果のあるハーブティーだ。就寝前メアリに淹《い》れてもらうといい」

「……お気遣い、ありがとうございます、殿下」

この優しさも、アーネストのように自分を利用するためだけのものなのだろうか？

——その通りじゃない。最初から金銭絡みでの契約なんだから。

なら、こんな風に優しくしないでほしい。

心が揺れてしまうから。

アレクシスへの複雑な感情に、ルルカは一人寝台で膝を抱えて蹲《うずくま》るしかなかった。

とにかく、解決を急がなければ。

このまま長く王宮にとどまることはよくない気がして、ルルカは病の謎を突き止めるのを最優先にすることにした。


「王家に恨みを持つ人、ですって？」

「ええ、なにか、そういう噂を耳にしたことはないですか？」

マリリアのサロンで、ルルカはそう切り出す。

最新の美肌クリームを試しませんか、と餌で釣ると、マリリアは「しかたがないわね」

と言いながらも即座に令嬢たちを集めてお茶会を開催してくれたのだ。

「最近は聞かないわね。ねぇ？」

「ええ、今の国王陛下もアレクシス殿下もご立派な方だし、政情も安定しているから王家になにかしようなんて企《たくら》むほどの恨みがあるとは思えませんわ」

ルルカ開発のクリームを手の甲で試しながら、令嬢たちは口々に話し始める。

「あ、でも確かに殿下の婚約者のお二人が同じ病で倒れられた時は、そんな不穏な噂が立ちましたわね。それで殿下に死神王子、なんて渾名をつける不埒者《ふらちもの》が出ましたし」

心当たりがないという令嬢たちも、やはりアレクシスの婚約者の件では奇異に感じているようだ。

「そうですわ。だからあなたもお気をつけなさい……と思っていたけれど、さすがは庶民だけあって頑丈そうですこと」

「あはは、そんなに褒めないでください」

「まったく褒めてないわよっ、しぶといって言ってるの！」

噛みつくマリリアを華麗にスルーし、ルルカは質問を続ける。

「今の陛下は、ということは、先代や先々代の御世には不満を持つ方が多かったということですか？」

「わたくしは詳しくは知らないけれど……お祖父様から伺ったことがあるわ」

令嬢の一人が教えてくれたところによれば、現国王の父、つまりアレクシスの祖父にあたる前国王・サダス二世の悪行はやはり有名だったようだ。

――これだけ歴史が長ければ、彼以外の暴君ももちろんいただろう。前世の私を監禁した、アーネスト様の父・ナナヴィル二世のように……。

過去のつらい記憶が蘇ると過呼吸を起こしそうになるので、ルルカは慌ててそれを振り払う。

「でも……本当言うと、わたくしも少し怖かったの」

ぽつりと、それまで黙って話を聞いていたユーリンが呟く。

「お父様はわたくしを三人目の殿下の婚約者にさせようと必死だったけれど、もしわたくしも同じ病になっていたらと思うと、不安で夜も眠れませんでした。殿下がご自分でルルカさんをお選びになったと伺った時は、正直ほっとしましたわ」

「それは……わたくしも同じだったけど」

と、マリリアも小声で同意する。

やはり皆が、あの一件のことを不安に思っていたのだ。

ルルカがしんみりしていると、それを不安からと勘違いしたのか、マリリアとユーリンが慌てて慰めてくる。

「だ、だからってあなたもお二人と同じ目に遭えばいいなんて思ってるわけじゃないわよ⁉　誤解なさらないでね？」

「あなたはしぶとそうですから、きっと大丈夫よ」

と、皆口々に慰めてくれるので、嬉しくなったルルカはにっこりした。

「はい！　私、健康だけが取り柄なんで、きっと病も撥《は》ねのけてみせます！」

ルルカが拳を握ってそう力説すると、マリリアは扇で口許を隠しながらぼそりと呟く。

「殿下のお相手は、これくらい神経が図太くて天然じゃないと務まらない気がしてきましたわ……」

するとそれを聞いた令嬢たちも、同感だと言いたげにうんうん、と力強く頷いた。

第五章　アレクシスのひそかな恋情

馬車が王宮前に差し掛かると、アレクシスはちらりと同乗していたセスの様子を窺う。

「僕は寄るところがあるから、先に戻っていてくれ」

暗に馬車を降りろと促され、セスがモノクル眼鏡を嫌みったらしくかけ直す。

「おや、どちらへお立ち寄りに？」

「……わかってるくせに、性格が悪い奴だな。ルルカがチェリーパイを焼いてくれる約束なんだ。午後のお茶に招待されている」

少しだけ自慢したくて、ついウキウキと白状してしまう。

「おやおや、ずいぶんと楽しそうですねぇ。殿下は私がまだ信用していない娘がお気に入りなのですね」

「……べつに、そういうんじゃない。メアリに聞いたんだが、ルルカの焼くパイは絶品らしい。そうだ、セスも一緒に来るか？」

そう誘うと、セスは少し思案する様子を見せ、答える。

「実は私も、誘われているのですよ、そのお茶会」

「な、なんだと⁉」

「おや、誘われたのはご自分だけだと思っていらっしゃったのですか？」

明らかにショックを受けているアレクシスに、セスが笑いを嚙み殺しているのがまた癪《しゃく》に障《さわ》る。

──まぁ、しかたがない。ルルカのことだ。

王太子だから、侍従だからと身分で分け隔てをすることは決してない。

あの娘はきっと、大勢の方が楽しいから、という理由で自分の知り合いを皆誘っているのだろう。

自分だけが特別ではなかったと知ると、少々落ち込んだが、アレクシスはそんな自分に驚く。

──今、なぜ僕は気落ちしたんだ? ルルカに特別扱いされたかった、のか……?

その類い希な容姿と王族という境遇のせいで、今まで黙っていても女性の方から言い寄られることの多い人生だった。

自分の機嫌を取ろうと、必死で擦り寄ってくる貴族令嬢に慣れきっていたアレクシスは、偽装とはいえ婚約者という立場で雇ったルルカにも多少警戒はしていたのだが、予想に反し、彼女はアレクシスなどはなから眼中になく、王宮に入るなり治癒士としての活動と金の青薔薇栽培に奔走し始めた。

断じて色仕掛けなど期待していたわけではないが、多少拍子抜けしたことは認めよう。

用意周到な性格のアレクシスは、ルルカを自由にさせておきながらその監視は怠ることはなかった。

──だが、彼女は秘密が多すぎる……。

ルルカがなにか、大きな秘密を抱えて苦しんでいるのは知っているが、打ち明けてもらえなければ助けることもできない。

気になりすぎて、最近ではいつもルルカのことばかり考えている。

王族の結婚は、なにより利害関係が最優先。

誰かを愛したり愛されたりする結婚など、はなから興味はなかったはずなのに。

ルルカと出会ってから、破天荒な彼女に振り回されてばかりで、でも目が離せなくて……。

「殿下？」

いつしか物思いに耽っていたアレクシスは、セスに声をかけられ、はっと我に返る。

「……なら、しのごの言わずに一緒に来いっ」

照れ隠しにむっとしながら、アレクシスはそのままセスを連れて離宮へと向かう。

先日の視察で外出した際、ふと市場で売っていた新鮮なチェリーが目に入った。

確か、フルーツが好物だと言っていたな、と真っ先にルルカの顔が浮かんだ。

たまに土産を買っていっても、そう不自然ではないだろうと、籠いっぱいのチェリーを持ち帰り、離宮に届けさせたのだ。

すると、「食べきれないのでチェリーパイを焼くから」とお茶の時間に招待されたのだ。

まさかルルカにお手製パイを焼いてもらえるとは思っていなかったので、アレクシスはこの日をひそかに楽しみにしていたのだ。

……もっとも、二人きりではなく、セスも誘っていたとは思わなかったのだが。

――いや、べつに二人でお茶をするのが待ち遠しかったわけではなく、チェリーパイが楽しみなだけだ。

なんとなく照れくさいので、自分にそう言い訳しながら、それでもアレクシスはいそいそと離宮へ向かう。

ところが。

セスだけでなく、離宮には既に先客がいた。

ルルカが念入りに掃除して、見違えるように綺麗になった応接間には、マリリアとユーリン、それに特級治癒士のナタリアと侍女のメアリがテーブルを囲んでいる。

「ルルカ様、困ります。皆様お揃いですのに、侍女の私をお茶会に同席なさるなんて」

困惑しきった様子のメアリが、居心地悪そうにそう訴える。

「そうよ。聞いたことないわ。これだから田舎育ちは礼儀を知らなくていやなのよね」

マリリアがはっきり言うと、メアリがますますうつむく。

するとティーポットを運んできたルルカが、言った。

「はい、文句を言う人は参加しなくてけっこうです～」

「なんですって⁉」

「だって、今日は私主催のお茶会だもの。私の好きな人を招くのは自由でしょ？　ほら、ちょうどパイが焼き上がったわよ」

焼きたてで、まだ湯気が立ち上っているチェリーパイがテーブルに運ばれてきて、たちまちバターの香ばしい匂いが立ちこめる。

それは、ひどく食欲をそそるものだった。

「さぁ、どうするの？　マリリア」

熱々のパイにさくりとナイフを入れると、さらに食欲をそそる香りが鼻先をくすぐり、マリリアはごくりと喉を鳴らした。

「し、しょうがないわね、好きになさいっ」

「はい、それじゃ殿下たちがいらっしゃったら……」

そこまで言いかけ、ルルカがようやくアレクシスに気づく。

「あ、いらっしゃい！　殿下、セス様。さぁ、どうぞこちらへ」

と、ルルカは空いていた席二つを指し示す。

「ちょうどパイが焼き上がったところです」

「そうか、いいところに来たな」

ルルカらしいやりとりに笑みを噛み殺しつつ、アレクシスはそ知らぬ顔で席に着く。

愛なんて無価値で無意味な、ただの概念だ。

自分はそんな不確かなものに振り回されたくない。

父と母の愛は、周囲の反対やらしきたりやらに逆らったせいで無残に引き裂かれ、打ち砕かれ、歪《ゆが》められた。

もし身分差のない相手と平凡な結婚をしていたら、もし第二妃としてのつらい日々を送らなければ、そしてもし自分を産まなければ……母はもっと長生きできたかもしれない。

だが結局母は正妃になれずとも父のそばにいる道を選び、そのせいで若くして命を落とした。

愛など、なんの役にも立たないどころが、害でしかない。

だからアレクシスは、今後の政治に有益となる相手を選び、妃候補とした。

愛情が必要ないなら、それはひどく容易《たやす》い作業だった。

身を固めれば、王宮内での地位も盤石のものとなり、安心して父王を支えることができる。

そんなアレクシスの計画は、最初の婚約者の突然の病で大きく乱れ始めた。

二人目の婚約者も同じ末路を辿ると、自分と結婚する相手は不幸になると噂され、あまつさえ死神王子などという不名誉な渾名をつけられてしまったのだが……。

——今は、ルルカがなにをしでかすのか楽しみで、悩む暇がないな。

アレクシスがふと、そんな物思いに耽っているうちに、女性陣は焼きたてのパイに舌《した》鼓《つづみ》を打ちながらかしましい。

「すごくおいしいわ。よくこんなにパイ生地がさっくり焼けるわね。どこかで習ったの？」

ユーリンに問われ、ルルカは少し思案する。

「習ったというか……見て憶えたって感じですかね？　養護院の院長様がパイ焼きの達人で、バザーではいつも即完売しちゃうくらい人気なんです」

「へぇ、なんだか商売になりそうな話ね。市場にお店を出したら、儲かりそうじゃない？」

「まったく、ユーリンったら。あなたはお金の匂いには敏感なんだから」

マリリアにはあきれられるが、ユーリンは「あら、お金ほど大事なものはこの世にないでしょ？　それが真理よ」と悪びれない。

今までは舞踏会やサロンで上流階級の令嬢として取り繕っていた彼女たちが、ルルカの前では素を出している。

ルルカが施設出身だと明かしていても、自然に受け入れているようだ。

それはルルカの不思議な魅力のせいかもしれない、とアレクシスは思う。

初めは疑いの目全開で警戒していたセスでさえ、今ではこうして彼女主催のお茶会にいそいそと参加しているのだから。

――なぜだろう？

ルルカといると、癒やされる。

まるで、暖かな春の陽差しに包み込まれているような心地よさだ。

もし母が生きていて、今もこの離宮に住んでいたなら、ルルカのことをどう思っただろう？

ずっと放置され、寂れる一方だったこの離宮が、母の念願だった金の青薔薇に囲まれ、今ではこんなに賑やかで明るくなったことを、喜んでくれるだろうか……？

つい、そんなことを考えてしまう。

「それで、ナタリアさんがもうすぐ聖女に昇進するための試験を受けるんです。ものすごい倍率の、難関な試験なんですよ？」

話題は、いつのまにか特級治癒士のナタリアの話に移り、ルルカが我がことのように皆に解説する。

「聖女はこの王国でも最高位の名誉職ですものね」

「試験、頑張ってくださいね」

と、皆が口々に応援し、ナタリアも嬉しそうに「ありがとうございます」と礼を言った。

どうやらルルカは王立治療院に出入りするうち、ナタリアとかなり親しくなっていたようだ。

——この子は、本当にあっという間に友達を作ってしまうな。

アレクシスは、もっぱら彼女らの会話を聞く側に回っていたが、充分に楽しかった。

「あ、そうだ。あなたの美白クリーム、また欲しいって方が何人もいらしたわよ。お金はいくらでも払うからって」

言づてを頼まれていたというマリリアの言葉に、ルルカは首を傾げて唸る。

「う～ん、ただ売るっていうのも、なんかよくない気がするんですよねぇ」

「じゃあ、どうしたらいいのよ？　わたくしも欲しいんだけど」

焦れたマリリアの言葉に、ルルカははたと両手を打った。

「そうだ、それじゃこうしましょう。これから、クリームや化粧品が欲しい人は、青薔薇園の手伝いをするのが交換条件だってお伝えください」

「はぁ⁉　あなた、貴族のご令嬢たちに土いじりさせる気⁉」

「私と今の庭師さんたちだけじゃ、手が足りないって思い始めてたとこなんですよね」

あきれるマリリアを尻目にルルカが言うと、ユーリンが勢いよく挙手する。

「はい、はい！　手伝うわ。ルルカさんの美白クリームは、ほかのどの商品よりずっとお肌モチモチになるんですもの」

「転売はなしですよ？　ユーリンさん」

「わかってるわよぉ」

ちゃっかり者のユーリンに、ルルカは釘《くぎ》を刺すことは忘れない。

人手が足りないなら、さらに庭師を手配しよう、とアレクシスが口を挟もうとすると。

「そういうことは、もっと早くお言いなさい。王宮お抱えのほかの庭師に、手が空いている時手伝いに行くよう頼んでおきましょう」

と、セスに先を越されてしまう。

ルルカが困っていると知るや、皆がなんとかしようと手を差し伸べているのがアレクシスには嬉しかった。

「？　お一人でなにをニヤニヤなさっているのですか？」

そんなところをセスに訝しげに突っ込まれたので、アレクシスは急いで体裁を取り繕う。

「いや、べつに。そうしたら、パイのお礼に僕もまた手伝っていこう」

「えええっ⁉　殿下まで土いじりをなさってらっしゃるんですか⁉」

マリリアが仰天し、「殿下がお手伝いなさるなら、わたくしも絶対やりまぁす！」とユーリンも再び同調する。

「私は、クリームはいらないからおいしいパイとお茶のお礼に手伝うわ」

治癒士のナタリアも、快く引き受けてくれる。

「ありがとうございます、皆さん」

皆が助けてくれるのが嬉しいのか、ルルカはずっと笑顔だ。

そんな彼女を眺めている時が、最近一番の幸福を感じる時間なのだと、アレクシスはふと気づいたのだった。

『なぜだか、最近貴族のご婦人方やご令嬢たちがこぞって離宮で土いじりをされているようだ。なにかの流行りなのだろうか？』

そんな噂が王宮に出回り始めたのは、それからしばらくしてのことだ。

「まったくきみは、大した影響力を持っているね。化粧品欲しさに貴族のご令嬢たちを青薔薇園で働かせるなんて、前代未聞だろう」

アレクシスは、完全に現状を面白がっているようだ。

「ところで、朝からそわそわして落ち着かないね」

「もうすぐナタリアさんの試験結果が発表される時間なんです。きっと合格されてますよね？　ね？」

と、ルルカはアレクシスに誘われた朝食の席で迫る。

今日は、ナタリアが受けた聖女昇級試験の合格発表の日なのだ。

「ナタリア嬢は優秀だと聞いている。大丈夫だと思うよ」

「ああっ、こうしちゃいられない！　私、王立治療院に行ってきます！」

ついでだから送るよ、とアレクシシスが言ってくれたので、ありがたく馬車に同乗させてもらう。

王立治療院前の大広場へ到着すると、試験結果は既に貼り出されていて、大勢の治癒士たちがその結果を見るために集まっていた。

「あ、ナタリアさん！」

その中でナタリアの姿を見つけ、ルルカは一目散に駆け寄る。

「ど、どうでしたか⁉」

恐る恐る尋ねると、彼女はぽろりと大粒の涙を零《こぼ》した。

「ナタリアさん⁉」

「……受かったわ、私、合格してた……！　ついに念願の聖女になれたの……！」

「よかった！　おめでとうございます！」

ルルカも嬉しさのあまり叫び、二人は抱き合って喜ぶ。

その姿を微笑ましげに眺めていたアレクシスが、声をかけてきた。

「合格おめでとう。よく頑張ったね」

「こ、これは殿下、もったいないお言葉ですっ」

アレクシスが一緒だとは思っていなかったらしいナタリアは恐縮するが、嬉しさは隠せなかった。

「僕はもう行くから、二人でお祝いするといい。楽しんでおいで」

「は、はい、ありがとうございます」

そうしてアレクシスが馬車で去っていくのを見送り、ナタリアはほぅ、とため息をつく。

「素敵な方ねぇ……あんな非の打ちどころのない方にこんなに溺愛《できあい》されて、ルルカさんはしあわせね」

「いやぁ、あはは。どうなんでしょうね……」

まさかすべて演技なんですよ、とも言えず、ルルカは笑って誤魔化す。

「でも本当によかったわ。婚約者の方が立て続けにあんなことになってしまって、皆心配していたから、ルルカさんも気をつけて見守っていたのよ？」

「え……そうだったんですか？」

「今までなかった、原因不明の病を放置したままなんて、王立治療院の名がすたるもの。きっと治療法を見つけるって、皆一丸となって知恵を絞っているの。ルルカさんも、昇級試験を受ける気はないの？」

「それは……」

「あ、ごめんなさい。王太子妃になるのに、治癒士の仕事を続けられるわけないわよね。でも、ホラン所長のところに出入りしていて、回復薬の調合を手伝っているの、私知ってるの。あの新しい回復薬の効果はすごかったから、その能力を生かさないのは本当にもったいないと思って」

「……あれはホラン所長がほとんど開発されたんですよ。でも、ナタリアさんにそう言ってもらえて、嬉しいです」

本心だったのでそう告げると、ナタリアはなぜかふと真顔になり、じっとルルカの顔を見つめる。

「……ねぇ、ルルカさん。本当のことを言って。最初に会ったあの日、あなたなにかしなかった？」

「え……？　いったいなんのお話ですか？」

もしかしたら、ナタリアは毒に冒されたあの騎士団員を治癒させたのが自分だと勘づいているのだろうか？

内心ギクリとしたが、ルルカはあくまで惚ける。

すると、その反応にナタリアは小さくため息をついた。

「……わかったわ。言えないのね。でも私は、あなたが王立治療院に出入りするようになってから、なぜか飛躍的に治癒率が上がっていることに気づいている。あの回復薬と化粧品だって、初級治癒士が作れる代物じゃないわ」

「……ナタリアさん」

「今まで黙っていたのは、あなたが悪いことをする人じゃないってわかってるからよ。いいわ、今はなにも聞かない！　でもいつか、事情を話せる時が来たら、私にはちゃんと話してほしいわ。いい？」

「……はい」

やはり特級治癒士で、聖女になれた彼女を騙し続けることは無理だったのか。

どうやらナタリアは、うすうす気づいていながら今まで黙認してくれていたようだった。

「ありがとう、ナタリアさん」

ナタリアは、最初から平民の自分にも分け隔てなく優しく接してくれた。

彼女の友情に応えるために、本当のことを打ち明けられたらどんなにいいだろう。

そう思ったが、ルルカは結局なにも言えなかったのだ。

第六章

向き合いたくなかった真実

こうして、慌ただしく王宮での日々は過ぎていったが……。

アレクシスの婚約者への呪いがなぜ自分には発動しないのか、なんの手がかりもなく、これ以上はお手上げの状態だった。

こうなったら、危険は承知で虎穴《こけつ》に入ってみるしかないだろう。

――もう、あそこへ行くしかないか……。

そう観念したルルカは、アレクシスにずっと避け続けていた大聖堂の聖域への立ち入り許可を願い出た。

「聖域へ？　あそこは王族でも滅多に立ち入ることはできない場所だ。いったいなにをするつもり？」

「えっとですね……私が輿入れ前に半日こもって大聖女様への祈りを捧げるという情報を、王宮内にさりげなく流してほしいんです。私が一人になって、護衛もいないところで誰か襲ってくるか確認したくて。まだ殿下の婚約者への危害が呪いと断定されたわけではなく、依然として悪意ある人間の仕業かもしれない可能性は残っていますから」

アレクシスに怪しまれないよう、考えてきた言い訳をすらすらと口にすると、彼はしばし考え込んだ。

「悪くない作戦だとは思うが……やはり危険だ。もし本当に襲撃があったらどうする？　ひそかに大聖堂内に護衛を潜ませておいて……」

「いえ、敵に勘づかれてしまうと無駄足になってしまうので。原因を突き止めるには、もうこれしかないんです。どうか一度だけ試させてください。私は大丈夫ですから」

ほかに手立てがないルルカは、必死にそう懇願する。

「万が一怪我とかしても私自分で治せますし、賠償は請求しませんよ？」

「そういうことを言ってるんじゃないっ。僕はきみが危険な目に遭うのが……」

そこまで言いかけたアレクシスが、ふいに口を噤《つぐ》む。

「なんです？」

「……なんでもない。わかった。きみの好きにするといい。結局いつもこうなるんだから……」

と、なにやらため息をついている。

「いっそ僕の政敵が犯人だったら嬉しいのに。あ、今からでも証拠を仕込んでおくってのもありだね」

「被害者から加害者にならないでください」

「やれやれ、僕の婚約者はつれないな」

ぶつぶつ言いながらも、アレクシスは渋々その望みを叶えてくれたのだ。

「くれぐれも気をつけて。なにかあったらすぐ声を上げるように」

「はい、わかりました」

大聖堂の管理を司る神官たちに話を通してもらい、夕刻から翌朝まで、聖域前からは衛兵たちも退け、完全に無人にしてもらった。

これで朝まで、ルルカは聖域に一人きりになる。

聖域へ立ち入るため、作法に則って念入りに身を清め、治癒士の正装である純白のローブ姿に着替えて準備は万全だ。

「では、いってまいります」

それでもまだ心配げなアレクシスを残し、ルルカは単身大聖堂へ足を踏み入れた。

無人の大聖堂はしん、と静まり返っていて、少し怖い。

恐怖心を抑えつつ、ランプの灯りを頼りに先へ進む。

――ああ、ここは確かに聖域だ。

実際足を踏み入れてみると、三百年前のことをまざまざと思い出す。

建物や周辺の様子は変わっていても、聖域の空気は当時と少しも変わらなかった。

王宮で籠の鳥となった後の前世は、人生のほとんどをここで祈りを捧げて過ごしたといっていい。

すると、一気に当時の重圧も蘇ってきて、再び脳裏に過去の記憶が駆け巡る。

救っても救っても、まだ足りない。

眠る時間も惜しんで人々を助け。

祈って、祈って、救って。

終始無理をしてきたせいで、当時はそれが現実なのか夢の中なのかさえ、時折意識が混濁して判別できない時もあった。

自身を治癒し、回復しながら、ただただ搾取され、疲弊し続けた日々。

三百年前の記憶が一気に押し寄せてきて、ルルカは思わず身震いした。

いやだ、もうなにも思い出したくない。

これ以上つらい思いをしたくない。

心と身体は無意識のうちに拒否し、その場から逃げ出したくなるのを必死で堪える。

それでも一歩、また一歩と進み、ルルカはついに大聖堂の最奥にある聖域の前に辿り着いた。

祭壇に恭しく祀られた聖晶石は、ひっそりと今も瑠璃色《るりいろ》に光り輝いている。

妖魔の沼を身を挺して浄化した前世の自分は、ありったけの魔力を使い、自らを聖晶石と化した。

ここにあるのは、その一部だ。

聖晶石を分割させれば、封印に異常が出る可能性がある。

だが、大聖女の加護を王宮にももたらすためにと、前国王サダス二世が重臣たちの諫《いさ》めも聞かず蛮行に及んだらしい。

ああ、これは自分の一部なのだとはっきりわかった。

人間としての肉体を捨て去り、聖なる石と化して死後もこの王国を守り続けてきた自分に、最後の最後まで無慈悲な真似をするのか。

前国王に対し、ふつふつと怒りが込み上げてくる。

――いけない、感情を制御しなければ。

憤りに呑み込まれそうになるのを必死に踏み止まり、ルルカは祭壇の前に跪き、両手を組んだ。

そして、一心に祈る。

――殿下の不運がもしも呪いによるものなら、どうか呪いが解けますように……。

その時、かすかな魔力の残渣《ざんさ》を感じ、ルルカは祈りの手を止めた。

『それ』は祭壇に祀られている聖晶石の一部から発せられていた。

――呪い……？　まさか……。

そんなこと、あるはずがない。

なにかの間違いに決まっている。

この恐ろしい想像を否定したくて、ルルカはよろめきながら厳重に鎖と呪符で結界が張られた聖域の内陣へ足を踏み入れた。

ずっとおかしいと思っていたが、気づかぬふりをしていただけかもしれない。

なぜ、前の婚約者二人は同じ病にかかったのに、三人目の自分の身にはなにも起こらなかったのか？

それは……その理由は……。

震える指先で、聖晶石に触れた、次の瞬間。

大量の映像が雪崩のようにルルカの脳裏に流れ込んでくる。


人として扱われず、ただひたすらに搾取され続ける、苦悩の日々。

大勢の人々から敬われはしたものの、人としての平凡な人生を生きることは許されなかった。

誰も、恨んではいけない。

これは自分に与えられた、使命なのだから。

日々、自分にそう言い聞かせ、命じられた任務をただひたすらにこなして生きてきた。

ほかの誰にもなし得ない、自身への回復魔法のおかげで、どれほど疲弊しきっていてもまた働くことができる。

だが、たとえ身体は回復したとしても、その長い長い苦悩に満ちた年月をやり過ごすうちに、『ルーネ』の内に少しずつなにかが生じていった。

それは澱《おり》のように蓄積し、心の奥底にひそかに沈殿していった。

少しずつ、少しずつ。

誰にも、当の本人にすら気づかれることなく。

そうして、その恨みの念を無自覚に心の奥底に抱えたまま、ルーネは人としての生涯を終え、聖晶石と化してこの三百年、王国を守り続けてきた。

だが、前国王の暴挙により、封印の一部に綻びが生じ……。

それは、本人が聖晶石と化して三百年近くも経ってから自動的に発動した。

分かたれてしまった聖晶石からは、ルーネの死後ですら消えることがなかった恨みの念が呪いと化し、長い時を経て、自分を虐げ続けた憎い王家を滅ぼすために牙を剝いたのだ。

いったい、どれくらい時間が経過したのだろう。

いつのまにか意識を失い、床の上に倒れていたルルカは、茫然と身体を起こして呟く。

「私……だったんだ……」

衝撃のあまり、ルルカは床の上にへたり込んだまま立ち上がれなかった。

伝説の英雄、大聖女が遺した聖なる石から王家への呪いが放たれているなんて、いったい誰が信じるだろう？

事実、その深い深い呪いの念は巧妙に隠され、恐らく一流の魔法士にも感知できないだろう。

だから今まで、誰にも気づかれなかったのだ。

アレクシスは現在、第一王位継承権を持つ王太子。

義母である王妃が妹を産んでいるが、男子相続が法律で定められているので彼女に王位継承権はない。

アレクシスになにかあった場合、第二継承権を持つ現国王の弟、ソフリス公が王位を継ぐことになるが、彼には娘が三人いるが男子はいないのだ。

つまり、アレクシスが結婚して男子を生《な》さなければ、彼が死ぬ時、五百年直系を守り続けていたシシリーヌ王家の血は絶える。

――だからか……だから、殿下が結婚できないように呪いが発動してるんだ……。

すべての元凶が、自分だったなんて。

これでは、自作自演もいいところではないか。

アレクシスと偶然出会い、こうしてこの王宮に導かれたのも、前世からの因縁としか思えなかった。

なにより申し訳なくて、アレクシスに合わせる顔がない。

放心状態でしばらくその場に蹲ったまま動けなかったが、ルルカは気力を振り絞って立ち上がる。

――この後始末は、自分でつけなければ……。

ようやく我を取り戻すと、まず真っ先に考えたのは、それだった。

今世は前世のしがらみから逃れ、貧しくても自由に生きたいと切望した。

だが、やはりそれは叶わぬ夢だったようだ。

いつのまにか白々と夜が明け、大聖堂のステンドグラスから朝陽が差し込んでくる。

陽光に照らし出された聖晶石は神々しいまでに美しく、とても王家を滅ぼそうとする邪悪な呪いを発しているようには見えなかった。

その光景に、ルルカは覚悟を決める。

――もう一度、綻びかけた妖魔の沼の封印をやり直すしかない。私にできるのは、それだけだから。

たとえ、自身の命と引き換えにしても。

前世と同じように、もう一度全魔力を注ぎ込み、禁忌《きんき》である聖晶石の封印の儀式を行うしか道はない。

再び封印できれば、アレクシスへの……王家への呪いも共に封じ込められるはずだ。

そう覚悟を決め、ルルカはふらつきながら大聖堂を出た。

すると。

「ルルカ……！」

すぐに、アレクシスが駆け寄ってくる。

「殿下……？」

まさか、一晩中廊下で待っていてくれたのだろうかと困惑しているうちに、アレクシスに二の腕を摑まれ、引き寄せられた。

「もう終わったのか？　無事か⁉　襲撃者は⁉　中からなんの気配もしないから、心配したぞ？」

大聖堂への唯一の入り口はずっと衛兵に見張られているので、賊が侵入できる余地はなかったのだが、それでも心配してくれていたようだ。

「……なにも起きませんでした。大丈夫です。ご心配をおかけしてすみま……」

罪悪感から彼の顔が正視できなかったが、皆まで言い終えるより先に、不意に強い力で抱きしめられ、ルルカは大きく目を見開く。

逞《たくま》しい、アレクシスの胸板に頰を埋めても、今自分になにが起きているのか理解できない。

しばらくして、ようやく彼に抱きしめられていると自覚し、ルルカはさらに混乱した。

硬直したまま身動きできずにいると、アレクシスもようやく我に返ったのか、慌てて手を離す。

「す、すまない、つい……」

「い、いいえ……」

ルルカも、かっと頬が上気するのがわかって、思わずうつむいてしまう。

こんなこと、生まれて初めてなのでどうしていいかわからない。

恐る恐る上目遣いにアレクシスの様子を窺うと、彼の方も困った様子で眉根を寄せ、じっとルルカを見つめている。

「ルルカ、僕は……」

そう言いかけ、逡巡《しゅんじゅん》したアレクシスは、結局そこでやめた。

「……いや、すべて終わったら、ちゃんと言うよ。敵方もこちらが罠を張っているのに気づいて警戒して姿を見せないのかもしれないな。とにかく、ご苦労だったね。疲れただろうから、早く休むといい」

「……は、はい。ありがとうございます」

ルルカも恥ずかしくていたたまれなかったので、逃げるようにその場を後にする。

心臓がバクバクしていて、今にも破裂してしまいそうだ。

まだアレクシスの温もりが残っているようで、ふわりとしたしあわせに包まれる。

いったい彼はなにを思って、自分を抱きしめたりしたのだろう……？

もしかして、ひそかに胸に秘めていたこの想いを気づかれてしまったのだろうか？

だが、そこまで考え、ふとさきほどの出来事を思い出し、すっと血の気が引く。

――馬鹿な私……なにを浮かれているの？

はなから身分違いなのは言うまでもないのに、それを差し引いたとしても自分には彼に恋する資格などないのに。

――だって、すべての元凶がこの私だったんだから……。

与えられた王宮の自室へ戻ると、ルルカは部屋の隅に膝を抱えて蹲る。

アレクシスの前では堪えていた涙が、後から後から溢れてきた。

「……う……くっ」

こんなこと、している場合じゃない。

元凶のくせに、悲劇の主人公ぶって泣くより、まだやらなければならないことがあるのだから。

そう自身を叱咤し、手の甲で涙を拭ったルルカはこれから自分が為すべきことを頭の中で整理しながら机へ向かい、羽根ペンを走らせ始めた。

第七章　死出の旅路

それから。

ルルカは今まで以上に、寸暇を惜しんで行動した。

妖魔の森へ発つ前に、済ませておかなければならないことは山ほどあった。

幸い、金の青薔薇栽培は軌道に乗ってきたので、あとは癒やしの加護をかけてある離宮の庭園でなら自分がいなくても同じ品質のものを育てることはできるだろう。

その合間にあらたな回復薬と化粧品の調合レシピも記録し、王立治療院でもまたこっそりと難病患者を治療する。

アレクシスに真実を打ち明けねばとわかっていても、なかなか勇気が出せなくて一日、また一日と時ばかりが過ぎていく。

アレクシスもなにやら多忙らしく、お互い忙しすぎて、彼に会えたのは数日ぶりだった。

「夜遅くにすまない。明日の午後なんだが、急にハーマン公爵の家のガーデンパーティに出席することになってね。もしよかったらきみに同伴してほしいんだが、やっぱり忙しいかい？」

夜、離宮を訪れたアレクシスに、ルルカは彼の顔が正視できなかった。

「……すみません、明日はちょっと……」

実は明日、彼に黙って王宮を発つつもりで準備していたので、内心疚《やま》しいところがあったから。

なので貴族のお茶会に参加している余裕はないし、もう呪いの解決方法が見つかったのだから調査も不要なのだが、どうしても面と向かっては言えなかった。

うつむいたままでいると、アレクシスが穏やかに告げる。

「今までにも増して忙しそうだが、身体を壊さないようにね」

「……殿下」

本当は、アレクシスに会わずに発つつもりだったのに。

それでも、予期せず会えたことに心が浮き立つ。

これが、彼の顔を見られる最後の機会になる。

ルルカは、せめてその面差しを忘れたくなくて、じっとアレクシスの顔を見上げた。

「どうした?」

「……いいえ、なんでもないです。おやすみなさい」

アレクシスと別れたルルカは、そのまま机に向かい羽根ペンを取った。

あの人に手紙を書くのは初めてなので、なにから書いていいのか少し迷う。

考え考え、ペンを走らせた。

本当はなにも知らせず、このまま彼の前から姿を消してしまいたかったが、任務を完了しなければ養護院への寄付の件が反故《ほご》になってしまうかもしれない。

それに自分が死んだ封印後の言い訳を、アレクシスにうまいこと処理してもらわなければばならないので、包み隠さず事情を明記する。

もっとも、自分が大聖女ルーネの生まれ変わりだなんて、とても信じてもらえるとは思えなかったのだが、すべてを正直に打ち明けた。

そして、アレクシスが遭遇した不幸は、前世の自分が遺した置き土産だったことを告白し、心から謝罪する。

信じてもらえず、一笑に伏されるなら、それはそれでしかたがないと覚悟の上だ。

アレクシスがこの手紙を読む頃、自分は既にこの世にはいないだろう。

もうあの人には二度と会えないのだと思うと、ぽろりと涙が零れ、紙に小さなシミを残した。

そして、妖魔の沼は再び責任を持って封印するので、どうか自分の死後、養護院への援助だけは約束してほしい旨《むね》を記し、手紙を終える。

長い長い手紙を書き終えた頃には、既に白々と夜が明けていた。

一睡もしないまま、ルルカはあらかじめ用意しておいた数日分の着替えや荷物を鞄にまとめ、乗馬服に着替えると、ひそかに部屋を抜け出した。

そして早朝、馬を走らせ、王立治療院へ向かう。

確か今日は、ナタリアが当直だったはずなので覗いてみると、彼女は薬品庫で在庫確認をしていた。

「おはようございます、ナタリアさん」

「まぁ、こんな朝早くにどうしたの？」

ルルカに気づくと、ナタリアは作業の手を止めてやってくる。

「忙しいのにごめんなさい。あの、お願いがあるんですけど」

そう言って、ルルカは手紙を差し出した。

「これを、一週間後にアレクシス殿下にお渡ししてほしいの。お願いできる？」

王都から、妖魔の沼までは馬を飛ばして一週間ほどかかる。

置き手紙をしたり、セスに頼んだりすれば、すぐにアレクシスがこの手紙を読んでしまう可能性が高い。

私室には『急用ができて一度故郷へ帰るがすぐに戻る』との書き置きを残してきたが、本当の手紙はすべてが終わった後に、アレクシスが事情を知ることができるように時間を調整したくて、ナタリアへ預けることにしたのだ。

「ほかにお願いできる人がいないの。お願い、必ず一週間後に、いい？」

「それはかまわないけど……こんな早くにどこか行くの？」

ルルカの旅装姿に、ナタリアが訝しげに問う。

「……ちょっと、急に故郷に帰らないといけなくて。今、お忙しい殿下に心配をかけたくないから」

苦しい嘘をつき、ルルカは書き溜めておいた薬品の調合レシピを記録した日誌数冊を差し出す。

「それから、これ……回復薬と化粧品の新作調合レシピも記録しておいたので、もしよかったら自由に使って」

「え……こんな貴重なものを？　開発者の権利を申請したら、大金持ちになれるのに、本当にいいの？」

「ええ、その分安価な薬にして、貧しい人たちでも買える値段にしてもらえたら」

そろそろ出発しなきゃ、とルルカは無理に話を切り上げる。

これ以上一緒にいると、なおさら別れがつらくなってしまうから。

「待って、ルルカさん。戻ってくる……わよね？」

最後にそう念を押され、ルルカは堪えきれず、泣き笑いの表情になってしまった。

「……もちろんよ」

「……なら、どうしてそんな悲しい顔をしているの？」

ナタリアの問いには答えられず、ルルカは「もう行かないと」と馬の手綱《たづな》を引いた。

「ルルカさん……！」

名を呼ばれたが振り返ることなく馬に鞭を入れ、ルルカは王宮を後にする。

旅立つ前に、まだやらなければならないことがあった。

その足で向かったのは、バーガンデス侯爵邸だ。

もう一度アイラに面会を願うと、一度アレクシスと同行した経緯があったので、すんなり通してもらえた。

女性の一人旅は危険も多いため男装に近い旅装姿だったので、アイラはすぐ先日会った『内部調査官』だとわかったようだった。

「調査官様、まだなにか……？」

単身での突然の訪問を訝しむアイラをよそに、ルルカは目を閉じ、全神経を集中させて魔力を高める。

死ぬ前に、自ら犯してしまった罪は償わなければならない。

原因が己にあると判明した今、ルルカがそれを治癒するのは容易なことだった。

無詠唱で治癒魔法を最高ランクでかけると、アイラの顔色が見る見るうちによくなっていくのがわかった。

「……まぁ、なんだか身体が軽くなった感じがします。嘘みたい……」

アイラは寝台を下り、かろやかな足取りで周辺を歩き回る。

「今のは治癒魔法ですの？　あなたはいったい……？」

「……前回、すぐに治してあげられなくてすみません。再び殿下とご婚約なさっても、こんなことは起きないと約束します。ですから、どうかもう一度殿下とのご婚約をお考えいただけたら嬉しいです」

最後に、本当に申し訳ありませんでした、と深々と頭を下げる。

ルルカの正体を訝しむアイラに、謝罪の一礼を残すと、そのまま足早に屋敷を立ち去った。

そうして次にエレノアの屋敷を訪れ、同じように彼女の病を完全に治癒すると、そのまま王都を後にした。

——これでお二人のうち、どちらかが殿下とのご婚約を考え直してくださったらいいのだけれど……。

そう考えた途端、ツキンと胸が痛む。

悲しむ資格なんかない。

アレクシスを苦しめ続けていた元凶は、自分なのだから。

ルルカはすべてを振り切るために、馬を走らせる。

ひたすら馬を走らせ、都会から離れた自然の風景が広がってくると、少しほっとする。

もう、あのきらびやかな都を見ることは二度とないと思うと寂しさが募ったが、ルルカは一度も振り返らなかった。

そこから数日は街道沿いに宿があったので、安全のため今まで得た給金で宿に泊まる。

妖魔の森は人々が近寄らないため街から遠く、道も舗装されていない辺境だ。

この先は人家も少なくなり、店もなかなか見つからないので、用心して食料を多めに買い足す。

陽が落ち、一人荒野で野営すると、自分だけが全世界から切り離されてしまったような孤独に襲われた。

今世、今の時代に生まれ変わったのは、過去の自分の後始末をするためだったんだな、とふと合点がいく。

だが忘れようとしても、考えるのはアレクシスのことばかりだ。

皮肉屋で、いつも人のことをからかってばかりで。

軽薄なふりをして決して本心を見せようとしない彼だったが、ルルカには彼が本当は心優しい人だと既に知っている。

そばにいるうちに、まるで呼吸をするように当たり前に、いつしか誰よりも大切な存在になっていた。

――殿下、本当にごめんなさい……。

真実を打ち明け、直接謝罪できなかった自分の弱さに、また涙が溢れてくる。

せめてもの償いに、今度こそなんとしても妖魔の沼は完全に封印する。

ルルカは、そう心に決めていた。

盗賊の出る山野を避け、街道をひたすら駆けること、さらに数日。

それでも最短経路で進み、ついに妖魔の沼がある森が見えてくる。

――ああ、見覚えがある。

三百年前とは多少雰囲気が変わっているが、確かに自分が命を落とした場所だ、と肌で実感すると、今さらながら恐怖心が湧き上がってくる。

だが、それを無理に押し殺し、ルルカは一直線に先を急いだ。

森の周辺では、昨今の魔獣多発地帯ということで一般人の立ち入りは禁止されているらしく、兵士たちが通行止めをしている。

それを確認すると、ルルカは警備の穴を探し、そこからひそかに森の中へ侵入した。

民間人でわざわざ魔獣に襲われる場所へ踏み入る者などいないため、いったん中に入ってしまえば、あとは無人なので好都合だ。

そのまま馬を走らせ、森を進み、妖魔の沼を目指す。

ここには三百年前、前線で兵士たちを治癒していた頃から何度も来ていたので、懐かしさすらある。

道などわからなくても、沼に近づくにつれて禍々しい瘴気が濃くなっていくので、すぐにわかった。

なるほど、これでは普通の人間には近づくだけでかなり有害になってしまうだろう。

浄化魔法で己の身を守りつつ、先を急ぐと、いよいよ妖魔の沼が見えてきた。

三百年ぶりに目にした妖魔の沼は、当時と変わらない姿でそこにあった。

汚泥で混濁した水面は『ルーネ』の聖晶石の浄化の力によって、氷で蓋《ふた》をされたように密封されている。

手近な木に馬を繋ぎ、ルルカは沼の中央に立つかつての自身と対峙した。

聖晶石と化したその身体は、遠目から見てかろうじて女性のフォルムだとわかるが、既に石となっているので面差しなどは判別できない。

祈るように組んだ両手部分は、先王サダス二世によって無慈悲にも砕かれた跡が残っていた。

やはりその暴挙が原因で、封印に綻びが生じてしまったらしい。

儀式のために、ルルカは木陰で乗馬服から持参してきた治癒士の制服に着替える。

最期は、やはりこの姿で迎えたかったから。

と、その時。

「あなた、いったいここでなにをしているの⁉」

ふいに女性の声がして、ビクリと反応したルルカは振り返る。

見ると、二十代後半くらいの若い女性が二人、血相を変えてこちらへ走ってくるのが見えた。

二人が羽織っている純白のローブには、紫と金の縁取りがある。

それは治癒士の最高ランク、聖女の制服だった。

「そのバッジは初級治癒士？　この場所は立ち入り禁止のはずよ。いったいどこから入ってきたの⁉」

「あ、あの……」

そうだった。

封印の綻びを抑えるために、国中から集められた聖女たちが交代で任務についているのだということを思い出す。

ルルカはどう言い訳して彼女らをここから離れさせようかと内心焦っていると、ふいに沼の瘴気が濃くなった。

「な、なに⁉」

動揺する聖女たちの目の前で、聖晶石によって封じられていた沼の水面に、突如ビシッと裂け目が生じる。

「……⁉」

驚くルルカの目の前で、瞬く間に沼は変貌を遂げ、ドロドロとした紫色のヘドロのような水面を波打たせ始めた。

すると。

沼を封じていた聖晶石がついに限界を迎え、ルーネの身体にビシビシと音を立てて亀裂が入っていく。

ついに、三百年前の浄化の力が完全に効力を失ったのだ。

ああ、自分が今、この時代に生まれ変わったのは、やはりこのためだった。

抑えきれなかった呪いと怨嗟を、自身の手で封じるために。

今、再びここにいるのだ。

ルルカの目の前で、ホロホロと崩れ落ちていく聖晶石は、そのまま光の粒となって四散し、跡形も残らなかった。

すると、聖晶石が消滅した途端、妖魔の沼の禍々しい気配が格段に増していく。

濃密な魔力と、死の匂い。

やがて沼から、ごぷりと水音を立て、魔獣たちが次々と這い出てくる。

長年彼らの侵入を阻んでいた、忌々しい浄化の力が消滅し、暴れ回れる喜びに四肢を震わせながら。

その姿は狼や虎、そして龍に似たものなどとさまざまだ。

大きな口から涎《よだれ》を垂らし、見るからに醜悪な様に、背筋がぞっとする。

「きゃあああっ！」

あまりのおぞましさに、さしもの聖女たちも悲鳴を上げ、その場にへたり込んでしまった。

人肉に飢えた魔獣たちが野に放たれれば、戦争より悲惨なことになるのは明白だ。

「危険です、お二人は逃げてください！」

「え？　で、でもあなたは……？」

「いいから、早く！」

ルルカの勢いに気圧《けお》されたのか、聖女の二人はなんとか立ち上がり、「ち、近くにいる衛兵を呼んでくるわ！」と走っていった。

これでようやく一人になれたので、誰の目も気にせず魔法が使える。

――ここですべて、終わらせる……！

ルルカは全神経を集中させ、聖魔法の詠唱を始めた。

自らの命を生《い》け贄《にえ》とした、最大の禁呪を三百年ぶりに再び使うのだ。

するとルルカに気づいた魔獣たちが、一斉に牙を剥き、そうはさせまいと襲いかかってくる。

だが、ルルカの放つ聖魔法のせいで近寄れず、怒りの咆哮《ほうこう》を放つ。

聖魔法は、魔物である彼らにとって猛毒なのだ。

すると、その鳴き声を聞きつけた仲間の魔獣たちが次々と呼び寄せられ、集まってきた。

ここで一瞬でも気を抜いたら、負ける。

この儀式は、かなり時間がかかる。

ルルカは全身全霊の魔力を振り絞り、集中した。

あらかじめ、用意してきた強力回復薬は二十本。

身体に負担がかかるので、一日三本までと制限があるが、聖晶石と化す自分には関係ない話だ。

ルルカは魔力が尽きてくると躊躇《ちゅうちょ》なくそれを飲み、無理やり儀式を継続した。

三百年前と、同じように。

最後の一本を手にした時は、既に限界を超えてまともに立っていられなかった。

つらい、苦しい。

もう楽になりたい。

本能はそう望んでいるが、責任感だけが今のルルカをかろうじて支えていた。

そして、どれくらい時間が経っただろうか……？

いつしか時間の感覚がなくなり、自らの肉体を認識できなくなってくる。

だがそれは儀式が順調に進んでいる証拠なので、そうとわかってほっとした。

ふと見ると、ルルカに近づけない魔獣たちは、聖魔法が苦しいのか、次々と沼の中へ戻っていく。

最後の総仕上げにすべての魔力を注ぎ、自らを聖晶石と化す。

それですべてが終わるのだ。

沼の封印は、七割方終わっている。

この機を逃してはならないと、ルルカが最後の詠唱を口にしようとした、その時。

苦し紛れに踠《もが》いた巨大な魔獣が、牙を剝き出しにしてルルカへ襲いかかってくる。

——もう駄目、防げない……っ。

もはや防御する力さえ残っておらず、ルルカは咄嗟に目を瞑《つむ》ってしまう。

が、痛みが襲ってくるより先に、鋭い衝撃音が響き、ギャオオオオッと魔獣の断末魔が聞こえてきた。

「……？」

恐る恐る目を開けてみると、眼前には鎧《よろい》を身にまとった騎士がルルカを庇うように立ちはだかり、襲ってきた魔獣を一刀両断したところだった。

「無事か⁉　ルルカ……‼」

忘れたくても忘れられなかった、恋しい人の声が聞こえたような気がした。

こんな空耳を聞いてしまうなんて、未練がましいにも程があると一人苦笑する。

だが、それは幻聴ではなかった。

思わず顔を上げると……。

「殿下……⁉」

なんと、間一髪で自分を救ったのは、騎士の白銀の鎧をまとった馬上のアレクシスだった。

と、同時に、数多くの馬の蹄《ひづめ》の音が迫ってくる。

数百騎の王立騎馬隊を引き連れ、先頭を疾走してきたのは、ガイルだ。

「どうして、ここに……？」

「さきほど街道の方で、聖女二人から話を聞いて、彼らと地元の衛兵たちはここに近づかないようにしてきた。初級治癒士とは、やはりきみのことだったんだね」

アレクシスに言われ、心当たりのあるルルカは思わず項垂れてしまう。

「やれやれ、なんでも一人で解決しようとするのは、きみの悪い癖だ。僕を心配させた罪は重い。後でお仕置きだよ？」

この危機的状況には不似合いなくらい軽妙な調子で片目を瞑ってみせる彼に、ルルカは言葉を失う。

まだ、彼がここにいることが信じられなかった。

そうこうするうちに、王立騎士団たちが即座に隊列を組み、剣を抜く。

彼らが護衛しているのは、治癒士のローブを羽織った一団だった。

「ルルカさん！」

その中にナタリアの姿があり、ルルカは仰天する。

聖女に昇格したばかりの彼女も、紫と金の縁取りのローブ姿だ。

「ナタリアさん……!?」

「ごめんなさい。あんまりあなたの様子がおかしかったから心配になって……あれからすぐ殿下に、手紙を渡してしまったの。でも私、約束を破ってよかったと思ってる」

「ナタリアさん……」

「ナタリアの機転のおかげで、こうしてすぐにきみの後を追い、なんとか間に合ったというわけさ。まぁ、この短時間で、彼らを召喚するのは大変だったけどね」

と、アレクシスが補足する。

「王立治療院と、王都周辺にいる聖女と特級、一級治癒士を片っ端から探して連れてきた。彼らがきみの封印を手伝ってくれる」

「殿下……」

「なんでも一人で抱え込むな。きみは人海戦術を知らないのか？」

そう言い置き、アレクシスが剣を高く掲げてみせる。

「さぁ、封印まであと一息だ！　我々が魔物を引きつけているうちに、皆頼む……！」

「お任せください、殿下！」

ナタリアを含む、王立治療院でも腕利きの聖女たちがそれに応じ、ルルカに向かって微笑む。

回復薬を騎士たちに配布するため、なんとホラン所長まで同行していたのには驚いた。

「陛下から多額の報償をいただいた故、恩を返すために同行しましたが、事が終わったら話は後でゆっくり聞かせてもらいますぞ？　ルルカ様。まったく我々は、あなたに振り回されっぱなしですな」

「ホラン所長……」

「私たちもあなたに助けられた。だからあなたも私たちを頼ってちょうだい。それが仲間というものよ」

「ナタリアさん……」

皆が、自分を助けるために丸一週間、馬を飛ばして王都からここまで駆けつけてくれたのだ。

それがわかった途端、ルルカの瞳から涙が溢れ出す。

「さぁ、泣くのは後！　皆、行くわよ！」

「はい……！」

ルルカたちが詠唱する間、彼女らの身は王立騎士団が守ってくれる。

アレクシスの剣技など今まで見たことがなかったのだが、彼はかなりの腕前らしく、次々と率先して魔獣たちをを倒していく。

その姿は、王立騎士団の中で誰より凜々しかった。

後方では、攻撃魔法を使える魔法士の一団が火炎魔法などで魔獣を蹴散らし、援護してくれる。

「聖女様たちを守れ……！」

ガイルの指揮で、王立騎士団の兵士たちは魔獣から、儀式に参加した聖女たちを完璧に守った。

彼らのおかげで、皆呪文の詠唱に集中できる。

一歩間違えば魔獣の牙に引き裂かれる状況で、誰もが、決死の覚悟で今この場にいるのだ。

両手を組み、必死に祈りを捧げるナタリアたちの姿を目にし、ルルカは自らの過ちを知る。

――私、また三百年前の間違いを繰り返すところだった……。

人として扱われず、常に孤独で。

寂しくて、寂しくて、寂しくて。

だから誰も頼ることすらできず、たった一人、すべてを犠牲にしてこの王国を救って聖晶石と化した。

それは自らの天命で、誰も恨まないと自身に言い聞かせていたはずなのに、心の奥底に押し込めていた怨嗟は長い時を経て溢れ出し、王家への呪いを遺してしまった。

今世では、こんなに頼れる人たちがそばにいたはずなのに。

また、自分だけで決着をつけようと焦ってしまったのだ。

——ごめんなさい、皆。そして、ありがとう。

皆が、自分を聖晶石にせずに済むように必死に祈りを捧げてくれている。

その優しさに、涙が溢れて止まらなかった。

彼らの好意を無駄にしてはならないと、ルルカも最後の気力を振り絞り、聖魔法の詠唱を続ける。

騎士団たちと魔獣の攻防は続き、傷ついた彼らにも治癒魔法をかけながら、ルルカは全力を振り絞った。

そして、どれくらい時が経っただろうか。

ふと気づくと、魔獣たちの耳障りな鳴き声がすっかり聞こえなくなっている。

朦朧とした意識の中で見ると、妖魔の沼の表面は浄化の力で覆われ、再び封印が完了していた。

——終わった……んだ……。

それを確認した途端、ルルカは力を使い果たし、その場に昏倒《こんとう》する。

「ルルカ……！」

すると、手にしていた剣を放り出し、駆けつけたアレクシスが地面に激突する寸前、抱き留めてくれた。

「で……んか……」

「しっかりしろ！　ルルカ！　ルルカ！」

そこで意識は途絶え、ルルカは深い闇の中に引きずり込まれていったのだった。


次に目覚めた時、ルルカは寝台の上にいた。

見覚えのあるこの景色は、どうやら王立治療院の病室のようだ。

ルルカがゆっくり首を巡らせると、そばにいたナタリアが気づく。

「ああ、よかった。気がついたのね。あなた、一週間も眠り続けていたのよ？」

「一週間も……？」

そこではっと、妖魔の沼のことを思い出し、がばっと跳ね起きる。

「妖魔の沼の封印は⁉　どうなりました⁉」

「落ち着いて、大丈夫だから」

ナタリアの話によれば、ルルカが意識を失う直前、無事妖魔の沼の再封印は完了したらしい。

念のため、現在も一部の聖女たちが周辺で祈りを捧げ続けているが、今のところ異常はないようだ。

アレクシスは聖女たちに回復魔法をかけさせたが、それでもルルカが意識を取り戻さなかったので、その間に眠り続ける自分を馬車で運び、王都へ戻ってきたらしい。

「……本当に、終わったんですか……？」

「ええ、すべてあなたのおかげよ。あのまま封印が解けていたら、周辺の街の被害は甚大だったでしょう。本当によくやったわ！」

感極まったのか、ナタリアが抱きついてきたので、まだ少しぼんやりとしていたルルカはされるがままだった。

アレクシスを呼んでこなければ、と言い出すナタリアに、自分で会いに行きますと断り、ルルカは王立治療院の寝台を抜け出す。

一週間も眠っていたせいか、身体が思うように動かない。

ルルカは、まだぼんやりとした頭のまま、治療着からナタリアが用意してくれていた新品の治癒士の制服に着替える。

自分が着ていたものは、壮絶な戦いで使い物にならなくなっていたらしい。

試してみなくても、体感でわかる。

儀式ですべての魔力を使い果たしてしまったせいか、前世から受け継いだ魔力は、もう一欠片も残っていなかった。

見ると、左肩に浮き出ていた文様も消えている。

——これでもう、元の役立たずに逆戻り、か……。

もはや初級治癒士ですらなくなってしまったようだが、こうなってよかったのかもしれない。

恐ろしいほどに強大な魔力は、前世の自分がすべて持っていってくれたのだと思うと、ほっとした。

アレクシスやほかの聖女たちがいれば、もう妖魔の沼は心配いらないだろう。

自分の役目は終わったのだ。

後は故郷に戻り、ひっそりと暮らすだけだ。

アレクシスに見つからないようにこっそりと、ルルカは久しぶりに王宮の自室へ戻った。

もうここに生きて戻るとは思っていなかっただけに、感慨深い。

まさか、生きて故郷にも戻れるなんて夢にも思わなかった。

ルルカはひとしきり放心した後、荷作りを始める。

元々私物はほとんどなかったので、やってきた時と同じ、小さな鞄一つにすべて収まってしまう。

アレクシスから贈られたドレスや宝石は、もらう資格もないのですべて置いていくことにした。

アレクシスがやってくる前に、急いで作業を進めようとしたのだが、まるで見張っていたかのように彼が現れる。

「なにをしている？」

「殿下……」

「やれやれ、きみは僕の言ったことを一つも聞いていないな。それとも、お仕置きが怖くて逃げるのかい？」

そう揶揄されても、ルルカは答えられずうつむいた。

「……契約は、もう完了しました。これで殿下は……いつでもお好きな方とご結婚できますし、私はお役御免ですから」

「ルルカ、こっちを見て」

アレクシスに強引に顎《あご》に指をかけて上向かされ、おずおずと瞳を上げる。

「なにを一人で、勝手に決めているんだ？」

「え……？」

「僕は、婚約解消に同意した憶えはないんだけど？」

アレクシスがなにを言っているのか理解できず、ルルカは困惑した。

「え……でも私は……殿下に取り返しのつかないことをしてしまって……」

「今のきみじゃなくて、正確には前世のきみが、だろう？　しかも故意に呪詛を放ったわけですらない」

「殿下……」

アレクシスがなにを考えているのかわからないが、これだけは言わなければ、とルルカは続ける。

「……私はもう、すべての力を失いました。嘘じゃありません」

「嘘だなんて思ってないよ。あれだけの命がけの禁呪に挑んだんだ。魔力を使い果たして当然だ。きみは自らを犠牲にして再びこの王国を救った。それは誇りに思っていいんだ」

その言葉に、ルルカは強く首を横に振る。

「いいえ、いいえ……！　手紙に書いた通りです、すべては私が元凶でしたっ。前世の私の恨みが、殿下を苦しめ続けていたんです。もう、合わせる顔がありません……っ」

伝えたいことは、すべて手紙にしたためた。

だからもう、会わずに王宮を去りたかったのに。

堪えきれず涙を零したルルカに、アレクシスが宥めるように告げる。

「エレノア嬢たちから聞いたよ。二人の病を治癒してから旅立ったと。二人もきみに、とても感謝していた」

「……私が大聖女の生まれ変わりだって、本当に信じてくれるんですか？」

「あんな奇跡みたいな儀式を成功させておいて、今さらなにを言うんだ。確かに、今回の封印はきみが三百年前、命を賭して行った時よりは脆《もろ》い。もって百年といったところだろう。だが、今までの教訓を生かし、これからは定期的に封印の点検と補修を治癒士たちに行ってもらう。もう、きみ一人でなにもかも背負わなくてもいいんだよ、ルルカ」

「殿下……」

「え……？」

「でも……本当はうすうす気づいていたよ。きみがただ者ではないことはね」

「最初から、きみは謎が多すぎたからね」

実はあの大事故で命を救われた時から、大聖女ルーネの生まれ変わりではないかと思っていたと告げられ、ルルカは驚きで涙も引っ込んでしまう。

「あの嵐の中、寒さと苦痛で気を失う寸前に見たきみの姿は神々しくて、歴史書に記されたルーネ様とそっくりだった。あの治癒力は聖女の上をいく強大さだったが、きみは必死にそれを隠している。その理由が知りたくて、咄嗟に偽装婚約を口実にして、きみを王宮に連れてきたんだ」

まさか、最初から見抜かれていたなんて。

「安心して。僕以外に、きみがルーネ様の生まれ変わりだと知る者はいない。きみはただの少女、ルルカだ。それでいいじゃないか」

アレクシスによると、あの時現場に居合わせた騎士団や聖女たちには『もともと憑依体《ひょうい》質だったルルカに、大聖女ルーネが再びこの王国を救うために一時的に乗り移って封印のやり直しを決行し、ルルカには一切その記憶がない』と説明し、厳重な箝口令《かんこうれい》を布《し》いたらしい。

今後、ルルカが静かに生活できるように配慮してくれた彼には、いくら感謝してもし足りなかった。

「僕だって、褒められたものじゃない。最初はきみの弱みにつけ込んで利用しようとした。だが、共に過ごすうちに、いつしかきみから目が離せなくなっていった。離れていると、いつもきみのことを考えている自分に気づいた時は、困惑したよ。僕には愛だの恋だの、一生無縁のものだと思っていたからね」

「殿下……」

「だから、きみが前世の力を失おうが失うまいが、そんなことはどうでもいい。僕はきみと、これからの人生を共に生きていきたいんだ」

ルルカの瞳をまっすぐに見つめ、アレクシスはその場に片膝を突く。

「改めて、僕と結婚してほしい。ルルカ」

　こんな、なにもない自分にプロポーズするなんて、正気なのだろうか？

　ルルカは今目の前で起きている現実が呑み込めず、言葉を失う。

「殿下……失礼ですけど、戦闘中どこか頭でも打ったんですか……？」

「本当に失礼だな。人の、一世一代のプロポーズを受けて、第一声がそれかい？」

「だって……もう呪いは解けたんですよ？　前の婚約者様たちも、きっと殿下とのご婚約のこと、考え直してくださるはずで……」

「僕は、きみがいい」

「わ、私は平民の孤児で……身分が違いすぎるってご存じでしょう？」

「きみじゃなきゃ、いやだ」

「そんな……子どもみたいな我が儘《わまま》、言わないでください……っ」

　どうしていいかわからなくなって、ルルカは半べそになる。

　すると困った彼女を前に、アレクシスはいつもの清々しい笑顔で言った。

「なにを言われても、僕の気持ちは変わらない。僕はきみがいいんだ」

「殿下……」

　一片の迷いもない瞳で見据えられ、どくん、と鼓動が高鳴る。

「誤解しないでほしい。求婚するのはきみが大聖女様の生まれ変わりだからじゃないから。大聖女様の熱烈な信奉者だと思われているだろうから、一応言っておく」

「……なぜですか？　私のせいでひどい目に遭ったのに」

ずっと心に引っかかっていたのだが、マルゴでの地滑りに王子が巻き込まれたのも、呪いのせいだったのではないか？

だが、そう告げると、アレクシスは「たとえそうだとしても、僕は気にしてない」と事もなげに一蹴《いっしゅう》する。

そして、「愛してる」と告げられ。

とんでもない、とルルカは必死に首を横に振る。

「いいえ、駄目ですっ。すべては私のせいだったんですよ？　それなのに、なにもなかったことにして殿下からの求婚を受けるわけにはいきません」

「それだけのことを、きみは当時の王家にされたからだ。誰だって恨む。僕なら、もっとえげつない方法でとっくの昔に王家を滅ぼしてる」

王族であるが故に、アレクシス自身も王家に関わる闇の部分をよく知っているのだろう。

忌々しげに呟き、彼は軽く嘆息する。

「正直、きみが力を失って、ほっとしたよ。また、きみがこの国の犠牲になるのは見たくないからね」

「殿下……」

「ちゃっかりしていて、でもお人好しでお節介で、自分よりいつも他人の心配ばかりしているきみを誰より愛している。だから結婚してほしい」

ああ、このままだと心臓が破裂してしまいそうだ。

嬉しい。

生まれて初めて恋をした大切な人に求婚され、ルルカは人生で初めて表現しようのないしあわせに満たされる。

だが。

——いけない、なにを浮かれているの？　馬鹿な私。

自分のようになにも持たない庶民で、なおかつ前世からの力も失った小娘が、王太子妃にふさわしいはずがない。

前の婚約者のアイラとエレノア、それにマリリアやユーリンなど、アレクシスにふさわしい女性は王宮にいくらでもいる。

自分の出る幕など、初めからないのだ。

ルルカは無理に笑顔を作り、首を横に振る。

「お気持ちは、確かに受け取りました。ですが、このプロポーズは……お受けすることはできません」

そうきっぱり拒絶すると、アレクシスの表情に珍しく動揺が走った。

「……理由を、聞かせてくれ」

自分は、彼にふさわしくない。

そう言い張れば、アレクシスはそんなことはないと引き下がらないだろう。

だから、心を鬼にして続ける。

「なにか、勘違いをなさってませんか？　たとえ力を失ったとしても私の、王家に対する深い恨みは、これから先も消えることはありません。ですから、王家の人間である殿下と結婚なんて、到底あり得ないです」

「ルルカ……」

「私は今世でも、王家を許したわけではありません。あなたの中に流れている、当時の王族たちのわずかな血をも、まだ恨むほどに」

どうか、私を憎んでほしい、嫌ってほしい。

それがあなたのためになるのなら、いくらでもその誹《そし》りは甘んじて受けようと思った。

「私たちの契約は、完了しました。速やかに報酬を支払ってください。私は故郷に戻って平和に暮らします。今までお世話になりました」

そして自らの身をナイフで切り刻む思いで最後にそう言い切り、ルルカは深々と会釈してアレクシスを拒んだのだ。

エピローグ

遠くから、のどかな鳥の囀《さえず》りが聞こえてくる。

「ルルカ姉ちゃん、こっちの苗も植えちゃっていいの？」

声をかけられ、ルルカはふと我に返って顔を上げた。

動きやすい作業着姿に麦わら帽子を被った、色気もへったくれもない格好だが、薔薇園の手入れをするにはこの出で立ちが快適なのだ。

いけない、またぼんやりしてしまったと反省するより先に、「大丈夫？　元気ないけど」と子どもたちに心配されてしまった。

「平気よ。いろいろあったから、ちょっと疲れが残ってるみたい」

笑ってそう誤魔化していると。

「ルルカ姉ちゃん、水やり終わったよ～！」

別の子どもたちが走ってきて、口々に報告してくれる。

「ありがとう。皆のおかげで、青薔薇がよく育っているわ」

ルルカが礼を言うと、子どもたちは嬉しそうだ。

ルルカが故郷に戻って、瞬く間に三ヶ月ほどが過ぎた。

王宮から持ち帰った金の青薔薇の苗は、丹念に手入れし、耕したこの土地にうまく根づいてくれた。

大聖女の癒やしの力がなければ金の青薔薇には成長せず、今後種からここで育つのは普通の青薔薇になるが、それでもこの地方では貴重な収入源になる。

普通の青薔薇も希少種なので栽培するのに複雑な手続きが必要なのだが、ルルカだけに特例として栽培を許可する書類を発行してくれたのは、アレクシスだ。

というわけで、治癒士としての力を失ったルルカは、現在養護院の子どもたちの世話をしながら青薔薇育成に精を出している。

アレクシスとの婚約で王都に行ったはずのルルカが突然戻ってきた時、一時は騒然となったが、なにがあったか語りたがらないルルカの様子にすべてを察したのか、皆なにも聞かずそっとしておいてくれたのでありがたかった。

――あれから、もう三ヶ月も経つのか……。

なんだかあっという間だったような、それでいてひどく長かったような、不思議な感覚だ。

故郷で新たな人生を歩み始めたのだから、過去はすっきりさっぱり忘れてしまおう。

そう思って日々忙しく働いてはいるものの、毎日ふと考えるのはアレクシスのことばかりだ。

距離を置き、会わずにいればすぐ忘れられると思ったのに。

会えなくなると、日々想いは募るばかりだ。

自分でもこの気持ちをどうにもできなくて、ルルカは思わずため息をつく。

すると、ルルカを探していたらしい院長が青薔薇園の中までやってきた。

「ルルカ、少しいい？」

「はい、どうしたんですか？　院長様」

「今まで言い出しにくかったのだけれど……実はあなたが戻って、いくつも縁談をいただいているの。商工会会長や貴族様のご子息で、皆申し分のない方々ばかりよ」

それを聞き、ルルカは思わず苦笑してしまう。

ルルカが王太子の婚約者となり、婚約破棄されて故郷に戻ったことは、既にこの地元で知らぬ者はいないだろう。

王都を去る際、養子縁組を解消してくれるようサフォール伯爵に頼んだのだが、「きみはどこにいようと、もう私たちの娘だよ」と優しく断られてしまったので、ルルカは依然として伯爵家の養女ということになっている。

王太子妃になり損ね、貴族の称号を持つ娘などこの片田舎には珍しいので、ぜひその人脈を利用したいという輩《やから》が殺到するのは予想の範疇《はんちゅう》だった。

「とてもありがたいお話なのですが、まだ青薔薇栽培も始めたばかりですし、軌道に乗るまで結婚は当分考えられないと先方にお伝えいただけますか？」

と、ルルカはあらかじめ用意していた建前で縁談を断ることにする。

「そうね、そうよね。私から皆さんにお断りを入れておくから、安心して」

ルルカが婚約解消でひどく傷つき、故郷に戻ってきたと察しているのだろう。

院長は優しくそう同意してくれる。

「ルルカ、本当に大丈夫……？　つらいことがあったら、なんでも相談してちょうだいね。話すだけで気持ちが楽になることもあるから」

「ありがとうございます、院長様」

「あなたのおかげで借金もすべて返済できて、王家からの援助までお約束いただけるなんて、本当に夢のよう……子どもたちが安心して暮らしていけるようになったわ。心から感謝しています」

「そんな、いいんですよ。これからは青薔薇栽培でめちゃくちゃ稼いでいくつもりですから！　頑張りますね！」

空元気でそう宣言するルルカを、院長は心配げに見つめている。

院長が立ち去ってからも引き続き、薔薇園の手入れに専念していると、隣町へ治療に出向いていたローザとハンナが戻ってきた。

「ただいま、ルルカ。お疲れさま」

「おかえりなさい、ハンナ」

仲良しだったハンナとまたいつでも会えるようになって嬉しかったが、ローザはそんな二人を忌々しげに眺めている。

「せっかく大貴族様に養女にしていただいたっていうのに、なぁに、その格好。ふん、アレクシス殿下との婚約破棄されて、おめおめ故郷に帰ってきていつまでもメソメソしてると思ったから、顔を見に来てあげたわよ」

「ちょっと、ローザ！　なんてことを……」

ハンナが止めようとするのを制し、ルルカはにっこりする。

「……あなたの意地悪も、今はとっても嬉しい。ああ、故郷にいるんだって感じ」

「な、なんですってぇ⁉」

「こないだは、いろいろありがとう」

ルルカが戻った当初、青薔薇を育成するために土地を開拓した際、ローザが癒やしの力を注いでくれたのだ。

「ふん、王家からのご命令なら逆らえないじゃない。せいぜい感謝なさい」

相変わらずのローザに、ルルカは苦笑するが、負けてはいない。

「暇なら、手伝っていってよ。作業用の手袋もスコップもそこにあるから」

「はぁ⁉　いやよ！　貴族の養女になったからって調子に乗らないでよねっ」

憤然と帰りかけたローザだったが、最後にぼそりと呟く。

「……後でお茶にするから、飲みに来てもいいわよ？　皆、あなたから王立治療院の話を聞きたがってるから」

「そっか、わかった。後でお邪魔するね」

青薔薇の栽培が軌道に乗れば、村の治療院でも上質な回復薬を安価に使うことができる。

それにルルカの交換条件で養護院が救われたことは、既に村中の話題になっていた。

自分を無能だと見下していた治療院の面々も、それを聞いて態度を改めてくれたのかもしれないと思うと、少し嬉しかった。

二人が去って、しばらくすると。

「ルルカ姉ちゃ〜ん」

今度は、もう六歳になるのにまだまだ甘えん坊のロイが走ってやってきて、作業していたルルカの腰に抱きついてくる。

「どうしたの？　ロイ」

「エドが、ぼくがあそんでたオモチャとった！」

「ちがうよ！　ぼくがあそんでたのにロイがとったんじゃないか！」

ルルカを挟み、それぞれの主張をする子どもたちに、ルルカはしゃがんで目線を合わせる。

「オモチャは皆のものだって、院長先生もおっしゃっているでしょ？　仲良く一緒に遊んだら？」

「だってぇ～」

ルルカが大好きなロイは、甘えてしがみついてくる。

「こらこら、そんな風にしたらお仕事できないでしょ？」

「ぼくたちもおてつだいしてあげる！」

「それは助かるわ」

ルルカの役に立とうと、二人はケンカをやめて水汲みに行ってくれるというから、任せることにした。

「ふぅ……」

一段落つき、ずっと中腰で作業していたので、大きく伸びをする。

天気のよい日に青空の下、養護院の庭に干された、風にはためくたくさんの白いシーツを眺めるのは気持ちがいい。

こういう時、ルルカはささやかなしあわせを噛みしめる。

だが、心の奥にぽっかりと大きく空いてしまった穴は、時折彼女をぼんやりさせた。

故郷に帰り、平穏な日常が戻ってきたというのに、これ以上なにを望むというのだろう？

贅沢な悩みだ。

——でも……ここには、あの人はいない。

いや、もう二度と会えないのだから、忘れるしかないのに。

いくら自分に言い聞かせても、毎日毎日、アレクシスのことを思い出さない日はなかった。

こんなに、苦しいのに。

早く忘れた方が楽になれるのに。

こちらから拒絶したくせに、あの人との思い出を手放したがらないでいるのは、自分なのだ。

——心の中でだけ、想い続けるのは自由だよね……？

生まれて初めての、恋。

きっと一生、この想いを胸に、これから先の人生を一人で生きていくのだろう。

あの人以外の誰かと結ばれるなんて、想像もできないから。

ぼんやりと、風にはためくシーツを眺めていると、その隙間《すきま》から一瞬見覚えのある、あの人の横顔がちらりと見えたような気がした。

「……え？」

どうやら、自分の恋の病はかなり重症らしい。

ついに、幻覚まで見えてしまうなんて、と内心ショックを受けつつ、思わず作業用の手袋を外した片手で目許を擦る。

もう一度見ると、そこにはもうなにもなかったので、ほっとしたような、けれど落胆したような気分になり、ルルカは苦笑した。

「バカね、私ったら……こんなところに、いるはずがないのに」

思わずそう呟くと。

「なにがバカなんだい？」

ふいに背後から、忘れようとしても忘れられない、聞き慣れた美声が降ってきた。

「な……⁉」

慌てて振り返ると、いつのまにか、背後に立っていたのは……。

「で、殿下⁉」

まさか、そんなことがあるはずがない。

自分を正気に戻すため、片手でぺしっと頬を叩いてみる。

ちゃんと、痛い。

どうやら夢や幻覚ではないらしい。

「どうしたの？　久しぶりの再会なのに、感激の言葉はなにもなし？」

大好きなあの笑顔が目近に迫ってきて、ルルカはますます混乱してしまう。

着いたばかりなのか、まだ旅装姿のアレクシスは、幻覚ではなく確かに彼本人だった。

「ど、どどどどうして、こんなところにいるんですか……⁉」

「どが多いね。きみを第六夫人にしようとしていた、ゴルド辺境伯が罷免《ひめん》されただろう？」

言われてみれば、そんな話を院長から聞いていたことを思い出す。

ちょうどルルカがこの村に戻ってきた頃、なぜか王都から厳しい監査が入り、ゴルドが公金を横領していた事実が発覚したのだという。

なんでも、『妻が多すぎて、宝石好きな彼女らの浪費を賄うためについ公金に手をつけてしまった』と言い訳しているらしい。

「ご本人は王都で、現在裁判待ちだ。それでこの地方の後任の領主を早急に決めないといけないと聞いて、僕が立候補したんだよ。まぁ、多少根回しは必要で時間がかかってしまったけど。というわけで、僕はこれから、この地の辺境伯となる。腰を据えて、じっくりきみを口説きにかかるから、これからもどうぞよろしく」

と、優雅に会釈するアレクシスに、ルルカはあきれて声も出ない。

「はぁ⁉　正気ですか⁉　お、王太子がこんな辺境の領主を務めるなんて、聞いたこともありませんっ。どうして、そんなことを……」

「わからない？　本当に？」

少し悲しげな瞳でじっと見つめられ、ルルカは思わず目線を逸らしてしまう。

「……わかりません。私は、今は治癒士でもなんでもなくて、故郷で暮らすただの村人ですから」

アレクシスのプロポーズを拒否して、すべて自分で決めてきたことだ。

けれど、久しぶりに彼の顔を見てしまうと、あれほど固めた決心が脆くも砕けそうになってしまう。

「離れ離れになってから、三ヶ月。一度も僕のことを考えなかった？」

「……」

「僕は、毎日きみのことばかり考えていた。会えていた頃もきみが愛おしかったが、会えなくなってからもっともっと、好きになっているよ」

「殿下……」

「だから、時間をかけて持久戦でいくことにした。きみの、王家を憎む気持ちも理解しているけど、これから毎日会いに来る。きみが僕のプロポーズを受けてくれるまで、何度でもね」

そう告げたアレクシスはその場に跪き、ルルカの左手を取った。

「二回目の、プロポーズだ。僕の気持ちは変わらないし、きみ以外の人とは生涯誰とも結婚しないと決めている。きみから結婚の了承を得るまでは戻らないと、父上たちにも宣言してきたが、納得してもらえたよ。ただし、一刻も早くプロポーズを成功させて戻ってこいと釘を刺されているが」

「そんな、無茶な……」

「申し訳ないが、プロポーズが百回になっても千回になっても、付き合ってくれると助かる。もっとも、なるべく早く受けてくれたら、さらに嬉しいけどね」

そうして彼は、恭しくルルカの手の甲に口づけ、

「僕と結婚してください」

と告げた。

「明日はなんて言おうかな。何回も挑戦できると思うと、毎回変化に富んだ告白ができて楽しいかも」

あまりに突然のことだったので、頭の中が真っ白になってしまったが、ようやく我に返ってルルカはふるふると首を横に振る。

「そんな、駄目ですっ、私なんかのために……っ。今すぐ王都にお戻りください」

「悪いが、僕の好きにさせてもらうよ。何千回断られても、告白するのは僕の自由だろう？」

「……」

どうして？　なぜこんな、もうなんの取り柄も力もない自分のために、アレクシスがここまでしてくれるのか、到底理解できなかった。

するとそれを見透かしたかのように、アレクシスが言う。

「好きだからに、決まってるじゃないか。ほかにどんな理由がいる？」

「殿下……」

「セスに王立治療院の皆、マリリアやユーリン、それにナタリアやメアリたち、後はサフォール夫妻とガイルからも、一日も早くルルカを連れ戻してこいと尻を叩かれてるんだ。皆、きみに会いたくてたまらないらしい」

「でも、私はもう……」

なんの力もないのに、とルルカは続く言葉を呑み込む。

「治癒魔法が使えなくなっても、きみには前世から引き継いだ薬品や金の青薔薇栽培の知識がある。できることは山ほどあるはずだ。なにより、僕がきみにそばにいてほしい。特別な力なんか、なにもなくていい。平凡なきみと一緒に、この先の人生を共に歩んでいきたいんだ」

「殿下……」

「今のきみはもう伝説の大聖女ルーネではなく、ただのルルカだ。これからはきみ自身の人生を生きるんだろう?」

「……だからです。王宮での生活なんて窮屈に決まってるし、王太子妃なんて柄じゃないし、私は私の人生を自由に生きたいのです」

「なら、その窮屈な王宮を、僕たちの力で変えていけばいいじゃないか。よくないものは、変えていけばいい。一人でも多くの、後の世の人々が、しあわせになるために」

ああ言えばこう言うで、決してあきらめないアレクシスに、ルルカは困惑する。

「嘘から出たまことというやつで、偽装婚約を本当にしてしまおうよ、ね、ルルカ? きみが受けてくれるまで、僕は本当に千回でもプロポーズに通い続けるから、覚悟するように」

——なんて言われても、断らなくちゃ。

だって自分には、王太子妃なんて重責が務まるわけがないし、なにもかもが無理すぎる。何度来ても無駄です、と心を鬼にして追い返さなければ。

「……っ」

頭ではそうわかっているはずなのに、声が出ない。

それでも無理やり口を開こうとすると、拒絶の言葉より先に嗚咽《おえつ》が口を衝いて出た。

「……ううっ……うわ〜ん……っ!」

ついに堪えきれなくて、ルルカは大声を上げて泣き出した。

「ど、どうした？　そんなに泣くほど、僕のプロポーズが鬱陶《うっとう》しかったのか？」

突然号泣《ごうきゅう》され、アレクシスが気の毒なほど狼狽している。

違う、そうじゃない。

けれどなんと答えていいかわからず、ルルカはただ声を上げて泣き続けた。

子どものように、無防備に泣きじゃくる彼女を前にして、アレクシスはためらいがちにその華奢な身体をそっと抱きしめる。

「だ、駄目ですっ、私こんな格好で、お召し物に土がついてしま……」

「……いやなら、振りほどいていいから」

「……っ」

押しのけなければ、拒まなければ、と思いつつ、ルルカは久しぶりに触れる彼の温もりに包まれると、もう抗えなかった。

「あと、よかったら、もう殿下ではなく、名前で呼んでほしいんだが」

「……アレクシス……様……っ」

なりふりかまわず、しがみついて泣きじゃくると、アレクシスが宥めるように背中をさすってくれる。

「よしよし、一人でたくさんいろいろなことを我慢して、抱え込んで、乗り越えてきたんだね。でももう、一人で頑張らなくていい。重い荷物は二人で背負えば半分になるし、しあわせは二人でいれば二倍になると僕は信じてる。だから……一緒に生きていこう、ルルカ」

「アレクシス様……っ」

堪えきれず、大粒の涙をポロポロと零すと、アレクシスが苦笑した。

「だから、どうしてそこで号泣するかな？　僕の恋しい人がこんなに泣き虫だなんて知らなかったよ」

「……まだまだ、知らないことがいっぱいありますよ？」

すん、と洟《はな》を啜《すす》りながら言うと、アレクシスが親指の腹でルルカの涙を拭ってくれる。

「そうか。これからそれを知っていくのも楽しみだ」

いつもの極上の笑顔でそう迫られ、この人からは逃げられないと観念したルルカは、泣き笑いの笑顔を見せたのだった。

ＥＮＤ

芥川龍之介は怪異を好む

著者／遠藤 遼　イラスト／睦月ムンク

怪異との出会いを求める芥川龍之介は、ある日迷子のかわいい河童を拾った。
その日から焦がれ続けた怪異が龍之介のもとに集まり始め…!?

皇弟殿下の薬湯妃
~初恋の人との駆け落ち先は後宮でした~

著者/唐澤和希
イラスト/白谷ゆう

金持ちの老人に売られた燕を土壇場で助けてくれたのは幼馴染みの弘頼。このまま駆け落ちかと思いきや、到着したのは華やかな後宮⁉
弘頼の正体はやんごとなき皇弟殿下で——⁉

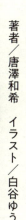

KiKi BUNKO

転《てん》生《せい》聖《せい》女《じょ》ですが、理由《わけ》あって 死《しに》神《がみ》王《おう》子《じ》と偽《ぎ》装《そう》婚《こん》約《やく》いたしました

瀬《せ》王《おう》みかる

2025年2月17日　初版発行

発行者　笠倉伸夫

発行所　株式会社　笠倉出版社
〒110-8625　東京都台東区東上野2-8-7　笠倉ビル
［営業］TEL 0120-984-164
［編集］TEL 03-4355-1103
https://www.kasakura.co.jp/

印刷所　株式会社　光邦

装丁者　須貝美華

定価はカバーに印刷されています。

乱丁・落丁の場合は当社にてお取替えいたします。

本書は書き下ろしです。
この物語はフィクションであり、実在の人物・事件・団体とは一切関係ありません。

ISBN 978-4-7730-6705-7
Printed in Japan